Hanna Sukare

Staubzunge

Hanna Sukare

Staubzunge

Roman

OTTO MÜLLER VERLAG

Alle Figuren dieser Erzählung sind frei erfunden.
Ähnlichkeiten mit lebenden Personen sind zufällig.

www.omvs.at

ISBN 978-3-7013-1232-0

Satz: Media Design: Rizner.at
Druck und Bindung: Druckerei Theiss GmbH, A-9431 St. Stefan
Umschlaggestaltung: Ursula Meyer unter Verwendung
eines Gemäldes von Hubert Dietrich:
Stilleben mit grauer Schachtel 2006

für Anna, Jakob, Jonas, Julian und Katharina

MATTHIAS und ADELE

Am Morgen sinkt das Gebet des Vaters auf Kakao und Haferflocken, mittags schliert es in die Suppe, abends riecht es aus den Käsebroten. Lieber Vater im Himmel, beginnt der Vater auf Erden, wir danken dir für diese Gaben, fährt er fort, und wir bitten dich, segne sie. Amen. Das Amen sprechen auch die Mutter und die beiden Kinder. Sie sind erleichtert, wenn der irdische Vater zur Anrufung des himmlischen Vaters die kurze Version wählt. Oft folgen dem Gebet die Tageslosung der Herrnhuter Brüdergemeinde und eine neuerliche Anrufung. Komm Herr Jesus sei unser Gast und segne, was du uns bescheret hast, das sagen die Kinder. Sie blicken zur Tür, ob noch jemand kommt, der Herr Jesus im dunklen Anzug vielleicht, sie sind überzeugt, Jesus trägt einen dunklen Anzug, weshalb sollte der Vater ihn sonst Herr nennen. Der Vater wendet sich an den Vater im Himmel, manchmal spricht er mit dem Herrn Jesus Christus, manchmal mit einem Heiligen Geist. Alle drei scheinen sie Verwandte des Vaters zu sein und etwas mit dem zu tun zu haben, den er Gott nennt. Die Kinder beneiden diese Verwandtschaft. Der Vater ist mit ihr verbündet, dreimal täglich spricht er mit ihr, den Kindern schenkt er Schweigen, nennt sie nur selten mit ihren Namen, Matthias, Adele. Über seine irdische Verwandtschaft verliert er kein Wort, zeigt kein Bild. Wenn Jesus nicht kommt und die Eltern, sobald das erlösende Amen gesprochen ist, das Besteck zur Hand nehmen, dürfen auch die Kinder zugreifen.

Wer ist der Vater auf Erden, wer ist der Vater im Himmel? Täglich ist etwas von ihnen anwesend, doch die Kinder sehen beide unscharf, verschwommen. Beide Väter sind das Gesetz. Beide wachen über das Leben der Kinder.

Sonntags steht der Vater in Früdorf auf der Kanzel, er spricht, die Gemeinde lauscht. Wer bist du? Tadelloser, von den Frommen Geliebter, hoch Stehender. Bist du der Vater? Bist du mein Vater, fragt stumm ein Kind zur Kanzel hinauf. Amen, sagt die Mutter jeden Sonntag laut aus der Kirchenbank in die Augen des Vaters. So legt sie Zeugnis ab für die Sätze von oben und versieht sie mit einem Ausrufezeichen. Schließlich verlässt der Vater seine Bühne und schreitet durch den Mittelgang hinaus. Im Portal bleibt er stehen und erwartet die Brüder und Schwestern im Herrn. Für sie findet er Worte, er schüttelt Hände. Der Vater, die ewige Präsenz. Er hat die Welt schon als Vater betreten, als Diener des Herrn, ein Fels von Anbeginn. Ein Kind kann er nie gewesen sein; und seit je hieß er Fau.

Die Wohnung ist das Zuhause, und sie ist der Amtssitz des Vaters. Das geistliche Amt hat sich als Prunkwagen unter seinen Leib geschoben. Die Karosse führt ihn mit der Mutter auf die Anhöhe der Pfarrei, erhebt die beiden über die Dorfbewohner. Schmaler Sold kommt dem Vater zu und eine ehrenhafte Stellung im Dorf. Der Vater ist hier kein Fremder, die Mutter ist kein Flüchtling, und sie heißt Jad. Die Heimat der beiden ist das Reich Gottes. Niemand fragt den Amtsträger nach den Umständen seiner Geburt, nach seiner Herkunft, keiner will wissen, wer der unter dem Talar ist. Das Amt sichert dem Vater Würde, das Amt macht ihn unantastbar. Einer, zu dem wir aufschauen. Ein Besserer, von Beruf Vorbild. Er tut das Gute, zum Wohl des Nächsten.

Zur Einweihung der neuen Dorfschule spielt die Blasmusik, der Bürgermeister spricht, ein Mädchenchor singt, der Rektor hält eine Rede; nach ihm besteigt der Vater das efeubekränzte Podium und erbittet Gottes Segen.

Das Pfarrhaus ist eine Insel. Drei Meere trennen die Insel vom Dorf: die Hochsprache, der rechte Glaube, die fremde Herkunft. Jeden Sonntag kommen die Dorfbewohner die Anhöhe zur Kirche herauf. Ihren Dialekt verstecken sie unter den Sonntagskleidern. Drei Meere trennen die Kinder von Spielgefährten im Dorf. Die Dorfkinder hören, diese Kinder sprechen nicht wie sie, das sind die Pastorskinder, glauben wohl, sie sind was Besseres, und die Dorfkinder wissen, die sind neu im Dorf, fremde Körper. Der Bub und das Mädchen finden sich hinein in das Inselleben, erlernen den Dialekt, aber sie gehören nicht dazu. Gehören nicht zu den Hügeln, die Früdorf umgeben, sie kommen ja aus Österreich, das ist Ausland; im Sommer tragen sie Lederhose und Dirndl. Herr und Frau Pastor mögen von weit her kommen und das Amt erhebt sie über das Dorf, als Fremde gelten sie hier nicht.

Erna stellt ihren Karren vor der Kirchentür ab und zieht den großen Schlüssel aus der Schürze. Die Kinder zupfen an Ernas Rock. Erna hebt die Kleine auf den Arm und tätschelt ihr den Hintern. Erna nimmt Putzfetzen, Kübel und Besen aus dem Karren und schließt die Tür der freikirchlichen Gemeinde auf. Die Tür steht kaum halb offen, die Kinder drängen sich unter Ernas Arm hinein und rennen im Wettlauf zum Altar. Wer zuerst dort ist, darf Pastor sein. Meistens gewinnt der Bub, er steigt auf den Sessel hinter der Kanzel, beruft seine Schwester zur Organistin, der Gottesdienst beginnt mit dem Vorspiel auf dem Harmonium. Die Organistin tut, als drücke sie die Tasten, der Vater hat das Harmoniumspielen verboten. Sonst dürften sie nie wieder mit Erna in die Kirche. Während des Präludiums senkt der Bub den Kopf, ruckt ein wenig an dem Gesangbuch, das vor ihm liegt, und gibt der Organistin schließlich mit einem Kopfnicken zu verstehen, das Vorspiel sei zu beenden. Sie setzt sich in eine Bank. Er erfindet und zelebriert den Eingangssegen, ein Evangelium des Tages und befiehlt das erste Gemeindelied: Großer Gott wir loben dich. Dann begrüßt er Gäste aus anderen Gemeinden. Erna spricht Grußworte. Der Bub spricht ein Gebet, dann predigt er. Seine Schwester hüpft zu Erna, hilft ihr wischen und bekommt ein Gutsle. Hat Erna Bonbons in der Schürze, kürzt der Bub die Predigt, lässt wieder singen und rennt während des Liedes zu Erna um ein Gutsle. Zurück auf dem Sessel hinter der Kanzel verliest er Bekanntmachungen von einem leeren Blatt, lässt singen, breitet die Arme aus und spricht den Ausgangssegen, das Zeichen für die Organistin, zum Harmonium zu laufen. Die Mutter kommt aus der Wohnung, die über dem Kirchensaal liegt, tritt auf die Empore und ruft die Kinder zum Essen. Hände waschen und kämmen vorher! Getuschel der Kinder im Dialekt der Nachbarskinder, den die Eltern nicht verstehen, die Geheimsprache ist im Haus verpönt. Der Vater geht an der offenen Badezimmertür vorbei. Deutsch reden! Bei Tisch haben Kinder zu schweigen. Sapperlott! Vater und Mutter wechseln kaum ein Wort. Die Kinder stochern in der Senfsauce, hart gekochte Eier sind drin.

Die Kinder sind in Österreich geboren, wie ihr Vater, angeblich. In den Sommerferien fahren die Eltern mit den Kindern nach Österreich. Sie wohnen in einem schwarzen Holzhaus, Hirschgeweihe hängen über den Türstöcken. Das Haus gehört Freikirchlern, im Erdgeschoss ist ein Versammlungsraum für Bibelrunden. Eine steile Außenstiege führt an der Rückseite des Hauses zum Schlafraum der Kinder. Sauer und staubig ist die Luft drin, schwitzig an Sommernachmittagen. Unter den schrägen Wänden stellen sich die Kinder schlafend. Sie liegen unter Patchwork, gespendet von nordamerikanischen Schwestergemeinden. Die Bänder am Saum der Decken knüpft die Mutter an die Metallstäbe der Betten und löst sie erst, wenn sie die Schlafzeit für beendet erklärt. Der Vater sitzt im Garten hinter großblättrigen Zeitungen und beugt sich über schwere Bücher. Die Kinder blinzeln in die Nachmittagssonne und fragen sich, ob diese Person dieselbe ist, die sich den lieben Herrn Jesus als Anwalt gegen ihre Nähe nimmt. Sie erkennen den Fremden nicht recht.

Leute kommen zu Besuch, geistliche Brüder und Schwestern der Eltern, von den Kindern Onkel und Tante genannt. Die irdische Verwandtschaft des Vaters zeigt sich auch in Österreich nicht. Der Vater hat wohl weder Vater noch Mutter, nur einen Vater im Himmel hat er. Hinter dem Garten beginnt der Wald, unter den Fichten bauen die Kinder Zwergenhäuser aus Rinden, Zweigen und Moos.

Nach den Ferien dürfen die Kinder in Früdorf den Weg zum Kindergarten allein gehen. Zum ersten Mal weitet sich der Radius, in den sie gebunden sind. Sie gehen von der Anhöhe der Pfarrei zur Straße hinunter, vorbei an den Fachwerkhäusern. Vor Ernas Haus bleiben sie stehen, ist ein Fenster offen, rufen sie nach ihr, sie schaut heraus und winkt den Kindern zu. Ein paar Schritte weiter biegen sie in die Turmstraße ein, da sind Gemüsebeete vor den Häusern, die Frühbeete mit alten Fenstern abgedeckt, bei warmem Wetter sind diese Beetfenster geöffnet und mit Holzscheiten in der Öffnung gehalten. Auf dem Weg kommt den Kindern ein Alter entgegen. Dicht tritt er an sie heran, Speichel glänzt auf seinem Kragen, die Jacke ist verknöpft, aus seinem Schuh schaut ein Zeh. Den Kindern fistelt er das eine Lied: Der Mai ist gekohommen, die Bäume schlahagen aus. Der Alte dirigiert sich und blinzelt. Da ist eine Hand, ein Atem. Der Alte trippelt weiter, wenn er das Ständchen beendet hat. Der Vater atmet nie.

Die Kinder erreichen den Kirchturm, auf dem die Störche das Nest haben. Dem Turm gegenüber steht der Kindergarten, die Kinder gehen gerne hin, bis eine neue Kindergärtnerin kommt und andere Regeln einführt. Alle Kinder sitzen im Kreis. Die Kindergärtnerin zeigt die Haltung fürs Schweigenlernen: Hände falten, beide Zeigefinger gestreckt aneinanderlegen, die gefalteten Hände zum Mund führen und die Zeigefinger an die Lippen stellen. Wer sich vom Zwinkern eines Gegenübers zum Lachen verleiten lässt, muss raus aus dem Kreis und in die Ecke. Das Schweigen im Kreis dauert jeden Tag länger, nicht einmal die Freude über den unbegleiteten Weg hält Matthias und Adele noch im Kindergarten. Sie sagen der Mutter, sie werden nicht mehr hingehen, und die Kinder staunen, denn die Mutter schreit sie nicht an und straft sie nicht; fordert nur völlige Ruhe in der Nähe des Schreibzimmers, im Schreibzimmer meditiert der Vater.

An einem Tag der Woche trägt die Mutter die schmutzige Wäsche in Körben aus der Wohnung in die Waschküche. Die Mutter heizt den Waschkessel ein und sortiert Weißwäsche, Buntwäsche, Wolle. Die Weißwäsche kommt in den Kessel. Beginnt das Wasser zu kochen, bläht sich die Wäsche. Die Mutter stößt sie mit dem Waschholz zurück in die Lauge, die Fenster der Waschküche beschlagen, die Mutter rührt die Wäsche um, hebt pustend – wieder mit dem Waschholz – brühheiße Stücke heraus, bearbeitet fleckige Stellen auf der Waschrumpel, gibt die Stücke noch einmal in den Kessel, hebt sie in eine Wanne zum Schwemmen, dann das Auswringen. Zum Trocknen trägt die Mutter die Wäsche im Winter auf den Dachboden, in der warmen Jahreszeit zur Leine in den Garten. An den Waschtagen muss der Vater das Telefon selbst abheben und seine Predigtmeditation unterbrechen, wenn jemand um einen Rat kommt; am Abend des Waschtages ist das Gesicht der Mutter grau.

Für ein paar Wochen übersiedeln die Kinder zu Erna, die Mutter liegt im Spital. Samstags am späten Nachmittag führt Erna die Kinder über den Hof in die geheizte Waschküche, wo der Zuber steht, ein hoher Holzbottich, aus dem das Wasser dampft. Erna hebt das Mädchen über den Zuber, die Zehen prüfen die Wassertemperatur, ist das Wasser zu heiß, stellt Erna das Mädchen auf den Boden, gießt kaltes Wasser nach und beide Kinder dürfen hinein. Erna seift die Kinder ein, sie plantschen, bis Erna sie heraushebt und abtrocknet; in Bademänteln und Holzpantoffeln schlurfen die Kinder zurück ins Haus. In der Küche sitzen sie auf der Eckbank, bekommen heißen Kakao und tunken Milchbrot hinein, zuhause wird das Brot nicht in den Kakao getunkt, und zuhause steht eine Badewanne.

Die Bademäntel der Kinder hat die Mutter genäht, bunt karierter Frottee. Nur Unterwäsche und Strumpfhosen kauft die Mutter für die Kinder, die übrigen Kleidungsstücke macht sie selbst. Sie wählt für ihre Kleider und die des Mädchens die gleichen Stoffe und Schnitte, als sollte das Mädchen die Mutter verdoppeln. Die Wintermäntel der Familie näht sie aus grauschwarzem Wollstoff, groß und klein im selben Schnitt.

In der Dorfschule wird der Rektor ein Lehrer der Kinder. Der Rektor hat ein Stöckchen aus Holz, das saust über fippernde Hände. Das Stöckchen fegt die Untat aus dem Gedächtnis der Kinder, verstockt sie und saust wieder. Ja, sagen endlich die Kinder, wir werden brav sein.

Der Rektor schreibt dem Mädchen ins Zeugnis: Sie ist immer bereit, den Schwachen zu helfen. Mit den Schwachen meint der Rektor Antonio, der begleitet das Mädchen nach der Schule bis zur Hauptstraße. Wenn sie zu zweit sind, fällt Brunos Bande nicht über sie her. Bruno ist Schüler der Dritten und hat eine kleine Schar Getreuer um sich gesammelt; wer keine Münzen für Schutzgelder hat, bezieht Prügel. Antonio kommt aus dem Süden. Sein Vater gießt aus Holzkübeln Asphalt auf die Dorfstraßen, streicht die dampfende Masse glatt und wischt sich mit dem Handrücken den Schweiß aus der Stirn. Antonio mag das Deutsch ungern, egal, ob es ihm in der Hochsprache oder als Dialekt entgegentritt. Er hat dunkle Augen. Das Haus seiner Eltern stehe am Meer, behauptet er, seine Großmutter und die andere Großmutter lebten dort, sein Großvater und der andere Großvater hätten ihn jeden Tag zum Fischen mit hinausgenommen. Es gibt nur eine Großmutter, erwidert das Mädchen.

In den Pausen tauschen die beiden Kinder ihre Vesperbrote. Das Mädchen kränkelt, wenn Antonio einen Schultag versäumt. Manchmal erledigt sie eine Hausaufgabe für ihn. Sie nennen sich Blutsgeschwister, seit Antonio das Mädchen beim Indianerspielen zu seiner Squaw erkoren, beider Fingerspitzen genadelt und die Tropfen vermischt hat. Das gilt nicht, nur Buben können Blutsbrüder sein, sagt der leibliche Bruder des Mädchens. Sie beharrt, Antonio und ich sind Blutsgeschwister.

Wäre Antonio evangelisch, begleitete er seine Squaw auch in die Sonntagsschule, wo sie Negerhüttchen bastelt. Wie stolz du sein kannst auf deine guten Eltern, sagt die Sonntagsschultante. Das Mädchen bekommt eine leere Konservendose, dazu einen Pappendeckel, schneidet Kreise und schlitzt sie ein. Das Dach. Dach und Dose beklebt sie mit Baststreifen. Ein Dachschlitz bleibt offen, dahinein werfen die Kirchenbesucher nach dem Gottesdienst Münzen. Das Geld kommt Missionaren zugute, die den Negerkindern die Frohe Botschaft bringen. Die Sonntagsschüler schwingen die scheppernden Negergeldhütten, quetschen sich an den Kostümen und schwarzen Anzügen der Kirchgänger vorbei und mischen sich vor der Kirchentür ins geistliche Gerede. Das Mädchen liebt dieses Gewimmel. Wenn alle verschwunden sind, der Platz vor der Kirche leer liegt, bleibt sie neben der Eibe an der Stiege stehen, die hinunter ins Dorf führt. Sie winkt den Letzten nach, die unten nach Hause gehen. Sie schauen nicht zurück. Das Buch über Gulliver kommt ihr in den Sinn. Es liegt neben ihrem Bett. Eine Zeichnung zeigt den Riesen auf dem Rücken liegend, gefesselt von unsichtbaren Stricken.

An den Sonntagnachmittagen besucht der Vater die Filialen der Freikirche, seine Frau und die Kinder begleiten ihn. Die Filialen liegen in behäbigen Dörfern, dort leben Bauern zwischen Weinbergen und Pfirsichplantagen. Angestellte, die in der Stadt arbeiten und dort nicht leben wollen, wohnen auch in diesen Dörfern. Pietistisches eint die Bewohner, viele sind begierig nach der Frohen Botschaft aus dem Mund des Vaters. Der Bub und das Mädchen verbringen die Stunden bis zur Rückkehr der Eltern im Haus eines frommen Architekten mit Flipper, Bonanza, Daktari – Stunden in der richtigen Welt.

Fällt der Filialgottesdienst aus, kommt sonntags Besuch ins Haus und Damast auf den Tisch. Zwiebelmuster wird aufgedeckt und das gute Besteck. Ältere Damen stehen im Korridor, betrachten die hübsch geflochtene hellbraune Reitgerte an der Wand. Ein Erinnerungsstück meiner Gattin, sie war Reiterin, sagt der Vater und bittet die Damen zu Tisch. Ein Fussel auf dem Jäckchen, die Nachbarin, Schwester im Herrn, zupfts weg. Wie dankbar ich bin, sagt die eine, wie wunderbar Sie uns das Wort Gottes wieder ausgelegt haben, Herr Pastor, bemerkt die andere. Er schenkt Saft ein. Aus der Küche kommt der Salat. Hände gewaschen? fragt die Mutter Richtung Kinder. Der Bub windet sich aus ihrem Griff, presst die Finger an die Hosennaht, dienert, gibt den Gästen die Hand und setzt sich neben seine Schwester. Während der Vater noch betet, schweift ein Blick der Mutter über die Tafel, verweilt kurz bei den Kindern, als ob der Blick sagte: Mit mir ist gut Kirschen essen, aber nur süße, und schon sind die Mutteraugen wieder geschlossen. Nach dem Amen sagt die Mutter, greifen Sie zu, es darf nachgesalzen werden. Die Kinder halten die Rücken gerade, die Linken flach auf dem Damast, bitte und danke, sonst sprechen sie kein Wort. Diese Kinder, wie gut erzogen, loben die Damen. Ja, nickt der Vater, ich war bei den Lehrern, die Kinder sind bildungsfähig. Die Mutter spricht mit den Damen über die Freude im Herrn und seufzt. Übers Frohsein, von der Frohen Botschaft spricht die Mutter oft, sonntags singt sie vom Frohlocken, von ewiger Freude. Freuet euch, das ist ein Befehl, und das Mädchen hätte gern so eine Mutter wie Antonio, die nimmt ihn bloß in die Arme und lacht.

Wenn die Kinder Milch holen, gehen sie gemeinsam, eine Kanne für jeden, jede wird zur Hälfte gefüllt. Auf dem Rückweg bleiben sie hinter dem Haus der Eltern stehen, meiden den Platz unter dem Küchenfenster. Die Kannendeckel leise auf den Boden legen und die Wirbelsäule gerade richten. Den rechten Arm lang strecken, den Henkel fest halten. Knie lockern und vorsichtig den Kannenschwung einpendeln, einpendeln, antauchen und hinauf, in den Zenit fliegt die Kanne; im Abwärts sofort wieder antauchen und hochschleudern. Der richtige Schwung ist da, der Rhythmus erreicht, den jetzt halten, halten und zuteil wird Glück: Das weit aufgerissene Milchmaul starrt zur Erde. Das Weiße hängt einen Augenblick am Himmel, die Welt steht Kopf, so muss Fliegen sein. Und dann: Genau im richtigen Moment mit dem Beugen des Arms das Schleudern einfangen, die Schleudermilch aus dem Himmel holen, in die Ruhe pendeln. Schweiß prickelt auf der Stirn der Piloten.

Milchschleudern ist bei Strafe verboten; fehlt in der Küche dem halben Liter kein Tropfen, lässt sich das Schleuderglück guten Gewissens bestreiten. Wer den

Schein von Artigkeit aufrechterhält, der bekommt Gutsle, das wissen die Kinder aus der Sonntagsschule.

In der Wohnung über der Kirche in Früdorf lebt auch Magdalena, die Großmutter. Das Mädchen hört sie mit der Mutter in der fremden Sprache reden. Die Mutter unterhält sich mit der Großmutter, als sei das Mädchen nicht im Zimmer. Sie wechseln die Sprache erst, wenn der Vater den Raum betritt. Der Vater mag das Polnische nicht im Haus, er spricht Hochdeutsch. Seine Kinder sollen sich die fremde Muttersprache nicht zu eigen machen. Der Vater ist Mundwerker, zuhause spart er Worte, doch kein Satz seiner Kinder darf ihm entgehen. Deutsch reden! Wie spricht schon der Apostel Paulus: Wenn ich aber die Bedeutung einer Sprache nicht kenne, so werde ich für den in ihr Redenden ein Fremdling sein, und der in ihr Redende bleibt für mich ein Fremdling.

Das Haar der Großmutter duftet. Sie steht später auf als die Eltern und frühstückt allein. Sie hat ihr eigenes Kaffeegeschirr mit zarten Blumen. Die Großmutter spült das bauchige Kännchen mit heißem Wasser aus, bevor sie den Filter aufsetzt. Du musst den Kaffee langsam benetzen, sagt sie, und das dampfende Wasser gleitet in das dunkle Mehl, langsam, sagt sie, dann entfaltet sich das Aroma am besten. Aah, riechst du das? Mit wenigen schwarzen Tropfen verwandelt die Großmutter dann die heiße Milch im Becher des Mädchens. Während sich die Großmutter am Herd zu schaffen macht, summt sie eine Melodie, zu der sie manchmal Worte singt: Plaisir d‘amour ne dure pas un moment, chagrin d‘amour dure toute la vie. Das Mädchen bittet die Großmutter nie um eine Geschichte aus Polen. Wieder und wieder fragt sie: Wie alt bist du? Die Großmutter ist 1900 geboren und das Mädchen liebt ihre stets gleiche Antwort: Ich bin so alt wie die Welt. Welch ein Anfang! Der Planet und der Herzstern des Mädchens zugleich aus dem Ei geschlüpft! Erzähl mir das Märchen vom Fürchten, sagt das Mädchen. Es war einmal, beginnt die Großmutter und verstummt, wenn die Mutter zum Frühstückstisch tritt. Sei ein liebes Mädchen, sagt die Großmutter und streicht durch den Schopf, der sich an ihr Knie drückt. Putz dir die Nase, sagt sie und schiebt dem Mädchen ihr Taschentuch hin. Es ist alles in Ordnung, sagt die Großmutter.

Die Neugier der Kinder nimmt eine Richtung: Ist da ein Vatergeheimnis? Ein Muttergeheimnis? Birgt jedes Wort ein Geheimnis, auf das eine Frage stoßen könnte? Jede Frage kann die falsche sein. Manche Fragen beantwortet die Mutter: seid still. Andere Fragen beantwortet die Mutter nicht, sie schlägt den Kindern bloß auf den Mund. Über etwas darf man nicht sprechen. Nach etwas darf man nicht fragen. Etwas soll niemand erfahren. Was ist das Etwas? Beim Verschweigen schaut man einander nicht an.

Der Bub beginnt, seine Fragen zu fürchten. Er tapert, verzögert jedes Wort. Nur Schweigen ist sicher. Schweigen ist Geborgenheit. Schweigen ist Zuhausesein. Stellt man ihm eine Frage, röten sich seine Wangen, er stockt. Der Bub wird ein Stammler.

Die Eltern sind sich einig. Disziplin soll die zweite Haut der Kinder werden. Die wächst ihnen durch Gehorsam. Keine Widerrede! Die Mutter überwacht die Schritte der Kinder, Fehltritte berichtet die Mutter dem Vater. Eine undurchdringliche Front.

An manchen Tagen bricht der Vater sein Schweigen. Er lässt die Kinder in sein Schreibzimmer kommen.

Dort sitzt er hinter einem schweren Tisch. In den Regalen hocken die himmlischen Bücher. Der Vater spricht. Halte dich gerade! Über den Tisch flattert bald die Forderung nach Geständnis. Dann folgen die Gebote, ein Sapperlott, die Verbote. Zum Schluss verkündet der Vater Art und Ausmaß der Strafe. Mein Kind, verschmähe nicht die Zucht des Herrn. Sei nicht unwillig über seine Strafen. Wen der Herr liebt, den züchtigt er.

Die Mutter spricht. Die Mutter spricht nicht. Tagelang richtet sie weder einen Gruß noch einen Satz an ihre Kinder. Die Mutter ordnet Strafen an, die der Vater abends vollzieht. Ist die Stunde der Strafen gekommen, tritt er aus seinem Schreibzimmer, nimmt im Korridor die Reitgerte von der Wand und erwartet ein Kind im Badezimmer. Das Licht ist milchig. Rücken und Hintern des Kindes sind entblößt. Auf einem Hocker steht die rote Plastikschüssel, die Mutter benutzt sie für nasse Wäsche. Die Schüssel ist mit Wasser gefüllt. Leistet das Kind nach der Reitgertenpredigt nicht glaubwürdig Abbitte, geht sein Kopf in die Schüssel. Das Kind verschweigt, was es sieht, wenn der Kopf wieder auftaucht.

An dem Tag, als die Eltern dem Buben den ersten Anzug kaufen, entspannt die Freude seine Zunge. Stolz schwingt er sich aufs Fahrrad und dreht eine Runde durchs Dorf. Eine Kurve nimmt er zu schnell und stürzt, mit blutendem Knie und zerrissener Anzughose kommt er nach Hause. Die Mutter schüttelt ihn, schreit, greift selbst zur Gerte. Die geflickte Hose wird er tragen, bis er aus ihr herausgewachsen ist.

An einem Abend der Woche gehen die Eltern zur Bibelrunde. Die Kinder öffnen dann das Gaupenfenster ihres Zimmers. Sie schauen in viel Grün, dahinter liegt der Bauernhof, dort holen sie Milch und lernen die Geheimsprache. Frühsommerabende müssen das sein, die Kinder brauchen jetzt Tageslicht für ihr Spielen. Sie recken sich weit aus dem Fenster, drehen die Zungen schneller in den geschlossenen Mündern, spitzen die Lippen und schleudern Spucke über die Dachziegel. Wessen Spucke weiter fliegt, der ist Sieger. Die Kinder streiten und überhören die Schritte der Eltern. Die Mutter reißt die Kinder vom Fenster weg. Ohrfeigen treffen Gewinner wie Verlierer. Die Eltern erklären wenig, verlangen Unterwerfung unter ihren Heilsplan. Das Mädchen liebt spitze Gegenstände, spitzt sie in seine Arme und Beine, betrachtet, wie rote Tropfen sich langsam aus dem Fleisch sondern und denkt an den Herrn Jesus Christus am Kreuz, wie er dort leidet, ohne Anzug.

Der Vater lässt die Familie fotografieren, Einzelporträts und ein Gruppenfoto: Jad und Fau Röhricht mit ihren Kindern Matthias und Adele, die einander Matti und Deli nennen. Für das Fotografieren hat der Friseur die Haare der Mutter dauergewellt. An das Sonntagskleid hat sie eine Brosche gesteckt. Der Vater trägt Anzug, weißes Hemd und Krawatte. Wie immer. Die Kinder sitzen in den Sonntagskleidern zwischen Vater und Mutter vor dem Fotografen. Vier Lächeln mit geschlossenen Mündern. Der Fotograf ist Ungar, er gehört zur Kirche des Vaters und lädt die Familie zum Spanferkelessen in seinen Garten ein. Das Spanferkel steckt längswärts auf einer Metallstange. Der Fotograf lacht und gießt Bier über die brutzelnde Ferkelhaut, das Fett tropft. Ein Spitz umkreist bellend das zischende Ferkel.

Eines Tages sitzt der Bub neben dem Vater im schwarzen Käfer, der steht unten auf der Dorfstraße, oben die Kirche, drüber die Wohnung. Gleich wird die Mutter neben der Eibe sein, die Pumps werden die lange Stiege hinunterklappern, die Mutter wird einsteigen und bestimmen, wohin der Vater zu fahren hat, Kaufhalle, Post, Friseur. Bevor die Mutter erscheint, macht der Wagen einen Ruck. Der Bub fühlt sein Gesicht ans Kalte des Seitenfensters gepresst, jemand muss den Käfer in Schieflage gebracht haben. Der Vater hat den Urheber der Attacke noch nicht ausgeforscht, schon steht der Wagen wieder plan auf der Straße. Da, ein zweiter Ruck, der Wagen neigt sich zum Gehsteig und – als hätte der Angreifer in Sekundenschnelle die Wagenseite gewechselt – federt zurück in die ebene Position. Ein Erdbeben! ruft der Vater, öffnet die Käfertür, raus aus dem Wagen. Die Ausfahrt wird verschoben.

Das Radio bestätigt den Ausruf des Vaters: Epizentrum, Richterskala, Gebäudeschäden, und niemand verbietet heute den Kindern das Schnattern. Die Terrasse habe sich unter ihren Füßen verschoben, behauptet das Mädchen, und glaubt man ihrem Bruder, so stand das Auto, in dem er saß, auf dem Kopf. Das Mittagessen kommt zu spät auf den Tisch, der Vater vergisst das Gebet, vergisst, den Kindern das Schweigen zu gebieten und sagt erst vor dem Nachtmahl dem Herrgott Dank für die Bewahrung, die er ihm und seiner Familie zuteil werden ließ. Und der Vater wählt diesen Abend, um den Kindern ein Buch zu schenken, das er seit Wochen im Schreibtisch verwahrt. Es handelt von einer Sternwarte. An diesem Abend lesen sie gemeinsam über die Instrumente, die den Himmel ins Haus holen. An diesem Abend spricht der Vater, spricht gewöhnliche Sätze, weder eine Predigt noch einen Befehl.

Am Küchentisch hat die Mutter es ihnen gesagt. Sie saß auf der Sesselkante, die Beine übereinander, eine Verklebung, und kein Blick zu den Kindern. Nächste Woche werde ich mit Vater verreisen.

Wohin?

Nach Polen.

Warum?

Ich möchte meine Heimat noch einmal sehen.

Dürfen wir mit?

Das ist nichts für Kinder.

Ihr lasst uns allein?

Großmutter bleibt bei euch.

Der Bub sitzt in der Küche. Die Großmutter steht am Herd. Man hat nur eine Großmutter, gell? fragt er. Du hast eine, antwortet sie. Antonio lügt, sagt er. Warum? fragt sie. Antonio sagt, er hätte zwei Omas und zwei Opas. Antonio sagt die Wahrheit, sagt sie. Der Vater hat keine Eltern, sagt der Bub. Mein Mann, Anton, sagt die Großmutter, das war dein Großvater. Wo ist er? fragt der Bub. Er ist schon lange tot, sagt die Großmutter. War er alt? fragt der Bub. Nein, sagt sie. War er krank? fragt er. Ja, sagt die Großmutter.

Da kommen sie, ruft das Mädchen in die Küche, verlässt ihren Spähposten am Fenster und rennt aus dem Haus. Der Bub bleibt bei der Großmutter am Küchentisch sitzen. Das Mädchen kommt atemlos zurück. Schau, was sie mir mitgebracht haben, ruft sie, schwenkt eine Matrjoschka, im Püppchen ein Püppchen und noch zwei. Die Mutter kommt in die Küche, gibt der Großmutter die Hand, begrüßt den Buben.

Wie war die Reise? fragt die Großmutter.

Na ja, sagt die Mutter.

Warst du dort, wo ihr gewohnt habt? fragt das Mädchen, und bei deiner Schule?

Bei der Schule nicht, sagt die Mutter.

Ist dort alles kaputt? fragt das Mädchen.

Nein, sagt die Mutter.

Und war sie schön, diese Reise? fragt der Bub.

Ich fahre dort nie wieder hin, sagt die Mutter. Der Vater kommt herein. Mutter ist müde, sagt er, lasst sie in Ruhe. Die Großmutter hat gekocht und einen Kuchen gebacken. Ich will nur ein Glas Tee, sagt die Mutter und geht. Über die Reise kam nie wieder ein Wort. An den folgenden Tagen sehen die Kinder Weh in den Augen der Mutter und verstehen es nicht. Sie wissen nichts vom frühen Leben der Mutter, nichts von dort. DORT wird ein Name für ein schlechtes, fremdes Land, an das die Kinder bald nicht mehr denken.

Einmal fährt der Vater abends mit dem Buben allein in eine kleine Stadt. Da ist ein Zelt aufgebaut, ein Zirkus fände Platz darin. Missionare wollen hier Menschen zu Gott bekehren. Die Missionare kommen aus Nordamerika, sie stehen neben einer Band mit Gitarren und Schlagzeug auf der Bühne. Die Band spielt Lieder, die klingen wie aus der Hitparade, die der Bub heimlich hört. Bunte Lichter fallen auf die Instrumente, das Kreuz hinter der Band färbt sich rot, die Musik spielt leiser, die Stimmen der Missionare werden eindringlicher. Wenn du dich gerufen fühlst, sagen sie abwechselnd, wenn du dich gerufen fühlst von der Stimme des Herrn, dann komm, komm nach vorn und lege Zeugnis ab. Komm jetzt. Zögernd lösen sich einige Leute von ihren Sitzen, gehen scheu zur Bühne, das gedämpfte Schlagzeug mischt sich mit den Stimmen der Missionare, mehr Leute gehen nach vorn. Jetzt ist die

Stunde des Herrn. Hauchend beschwören die Missionare ihre Mikrophone. Der Herr sucht dich. Vor der Bühne hat sich eine kleine Gruppe versammelt. Die Missionare schieben eine Leiter von der Bühne hinunter auf den Zeltboden und helfen allen hinauf, die auf der Bühne Zeugnis ablegen werden.

Nachdem Musiker, Missionare, Neubekehrte und die Zuschauer das Zelt verlassen haben, bleibt der Vater mit dem Buben allein in dem dunklen Zelt. Der Vater hat eine Taschenlampe. Er schaltet sie ein, hinter ihm her zwischen den leeren Bänken geht der Bub. Kein Dieb zu sehen, kein Randalierer zu hören. Der Bub bleibt in der Nähe des Vaters. Der Vater reicht ihm eine Thermoskanne. Schaler Tee. In der Morgendämmerung schläft der Bub in einer Ecke der Bühne ein. Noch einmal begleitet er den Vater zur Nachtwache im Dienst der Zeltmission nicht.

Wer vom Wasser des Lebens trinkt, wird ein Reh, raunt in Früdorf die Schwester dem Bruder zu. Doch er will nicht mit ihr in den Wald zu den Zelten der Indianer fliehen, fort von den Eltern. Ihnen will er es recht machen. Ihr Lob braucht er mehr, als die Nähe seiner Schwester. Der Samen geht auf, den die Eltern im Namen des Vaters zwischen die Kinder geworfen haben.

Die Kinder hören auf, Kinder zu sein; die Eltern nehmen Jads Peitsche kaum noch von der Wand. Matthias prügelt nun Adele, sie schlägt zurück. Sie wird wütend, wenn Matti den Eltern erzählt, was sie getan oder gelassen hat. Verräter, sagt sie und schlägt auf ihn ein, er schlägt zurück. Sie unterliegt in diesen Prügeleien und schreit dann: Er schlägt mich tot. Die Prügelei endet, wenn Fau oder Jad auftritt, Matthias und Adele ohrfeigt und über beide Stubenarrest verhängt. In diesen

Jahren, es sind nicht mehr als zwei oder drei, vergeht die Kindernähe, die Adele und Matthias verbunden hat. Sie wissen nicht, warum sie dann, in den Jugendjahren, ihre Leben sorgfältig voreinander abschirmen, kaum noch miteinander sprechen, mehr und mehr Verachtung füreinander haben und einander so fremd werden, als hätten sie nicht ihre Kindheit und Jugend gemeinsam im Pfarrhaus erlebt. Später leben Matthias und Adele nie mehr unter einem Dach. Adele misstraut der Stimme des Bruders, Matthias misstraut der Stimme der Schwester. Im Gedächtnis bleiben die Namen, die sie einander als Kinder gaben: Matti und Deli.

GITTI

Ich will mich aussprechen. Ich will einmal alles sagen. Alles. Sprechen, bis die Worte versickern. Der Ort, wo die Buchstaben entstehen, wird eine verlassene Höhle sein, der Wind streicht durch. Sprechen möchte ich, bis jede Zelle frei ist von meinen kleinen Worten. Ich sehne mich nach einer Aussprache, einer nie da gewesenen Aussprache. Ich will die Aussprache, damit Raum entsteht für eine nie da gewesene Leere, Stille in mir.

Nicht über mich würde ich sprechen. Auch über mich, ja. Vor allem aber redete ich über meinen Mann, Röhricht. Er ist gegangen. Er hat die Stadt verlassen und das Land. Vielleicht auch mich. Ganz im Westen des Kontinents lebt er. Er setzt sich in seinem Zimmer an den Tisch, blättert in Papieren. Aus seinem Fenster könne er das Meer sehen, schreibt Röhricht. Er öffnet den Laptop, streicht über die Tastatur, klappt zu, nimmt seine Jacke, verlässt die Wohnung und geht spazieren. So könnte es sein mit Röhricht, dort im Westen. Vielleicht geht er nicht spazieren, vielleicht liegt er den ganzen Vormittag im Bett. Gedanken kreisen ihn ein, er versucht noch einmal einzuschlafen, dreht sich auf die Seite, wälzt sich auf den Bauch, die Gedanken zerfransen seine Müdigkeit.

Ich spreche ja schon. Ich spreche, obwohl da niemand ist, der zuhört, niemand, der Fragen stellt. Ich wünsche mir einen Frager. Egal, ob Mann oder Frau. Keinen Zeitungsfrager, weder Verhör noch Beichte. Unerwartet könnten die Fragen sein, im richtigen Moment gestellt, sie dürften mich nur nicht verschrecken. Nein, keinen Therapeuten, der nach 45 Minuten kassiert. Ich brauche keine Krücke. Gewöhnliches Fragen genügte. Ich will mich heranreden, bis ich die Worte nicht mehr abwäge. Ich wünsche mir Fragen, die etwas lösten, einen Raum öffneten.

Ich bin fünfzig Jahre alt. Ich bin Buchhalterin. Seit fast dreißig Jahren bin ich mit Röhricht verheiratet. Wir sind nicht geschieden, wir leben nur nicht in demselben Land. Er kommt nicht mehr in unser Haus – sein Haus, er hat es gekauft. Wir haben zwei Töchter. Toni wird bald 30, Clara ist 28. In meinen Gedanken leben wir hier noch alle zusammen, Matti, Toni, Clara und ich. Meine Gedanken decken sich nicht mehr mit der Gegenwart. Sie sind stehen geblieben in einer Zeit, die einmal war, und die jetzt nicht ist. Vielleicht will ich mich aussprechen, damit ich meine Gegenwart finde.

Wer Matti ist? Das ist Röhricht, Matthias. Ich heiße Brigitte. Röhricht nennt mich Brischid, das klingt irgendwie französisch. Mir gefällt Brischid nicht. Meine Freundinnen nennen mich Gitti.

Röhricht schreibt, er werde nicht zurückkommen. Sollte ich seinen Satz ernst nehmen? Röhricht wird wohl nur lange ausbleiben. Ich koche nicht mehr, esse Käse aus dem Papier, Karotten roh, Äpfel, ich vernachlässige den Haushalt, gehe nicht zum Friseur, bügle nicht mehr. Früher hat die Bedienerin gebügelt, ich allein brauche keine Bedienerin, keinen Gärtner, ich habe sie entlassen. Mir geht es gut, antworte ich, wenn meine Freundin anruft. Nein, ich möchte mich nicht auf einen Kaffee treffen. Nein, ich möchte nicht besucht werden. Nein, ich mag nicht ins Kino gehen, in keine Ausstellung. Nein, ich bin nicht depressiv. Ich brauche nur Zeit für mich, allein. Ich will mich ausleben. Das versteht meine Freundin und erzählt dann ihre Geschichten: Darsteller und Kostüme wechseln ab und zu, die Kulissen verschieben sich ein wenig, die Geschichten bleiben verlässlich die gleichen. Bis bald einmal, sage ich, ja, ich rufe dich an. Ich rufe niemanden an. Meine Freundin ruft mich irgendwann wieder an. Als Röhricht noch hier war, lud er seine Geschäftspartner zu uns ein, manchmal kamen seine Freunde mit ihren Frauen. Diese Einladungen haben mich ermüdet. Ich lade niemanden mehr ein. Ich müsste aufräumen, putzen und mich besser anziehen bevor Gäste kämen, sonst zögen sie aus dem Chaos im Haus womöglich Schlüsse. Dass ich keine Kontakte mit der Außenwelt pflege, finden Sie bedenklich? Ich gehe ja einkaufen, zweimal in der Woche. Ich rede gern mit den Verkäuferinnen. Außerdem treffe ich regelmäßig meine Klienten. Sie bringen mir Kartons, in denen Belege durcheinander liegen. Ich gebe den Klienten die Belege in Ordnern sortiert zurück, die Buchungstabellen drucke ich aus und hefte sie als Deckblatt in den Ordner. Ob ich meine Töchter nicht treffe? Doch, natürlich. Die Mädchen rufen an, und sie besuchen mich. Für sie räume ich auf, ich koche ihre Lieblingsgerichte, backe Kuchen. Bevor sie kommen, wasche ich mir die Haare, trage etwas Rouge auf. Ich will die Mädchen nicht beunruhigen. Sie sollen ihr Leben leben. Nein, sie fragen nicht, was ich den ganzen Tag tue, allein. So eine Frage kommt ihnen nicht in den Sinn. Ihr eigenes Leben füllt sie ganz aus. Wichtig ist ihnen, dass ich da bin, dass ich in diesem Haus lebe. Wenn sie kommen, soll alles so sein, wie sie es gewohnt sind. Mit den Mädchen will ich mich nicht aussprechen. Nicht über ihren Vater. Hast du was von Papi gehört? Ja, er hat wieder geschrieben, es geht ihm gut, macht euch keine Sorgen. Und das stimmt. Röhricht schreibt mir. Ich habe nichts gegen seine Briefe. Er erwartet keine Antwort. Unlängst empfand ich zum ersten Mal eine Art Widerwillen, als ein Brief von ihm kam. Vielleicht werde ich eines Tages seinen Brief nicht mehr öffnen, sondern zurückschicken, Empfänger unbekannt. Das ist nur ein Gedanke.

Warum ich meinen Mann, den Vater meiner Kinder, Röhricht nenne und nicht seinen Vornamen gebrauche? Er selbst nennt sich Röhricht, gebraucht seinen Vornamen nicht. Ich habe mir dieses Röhricht angewöhnt, zuerst nur, wenn ich von ihm sprach, später auch, wenn wir miteinander redeten. Die Mädchen haben diese Anrede übernommen. Selten nannten sie ihn Papi, so nennen sie ihn, seitdem er nicht mehr hier lebt. Paare schlittern in diese MammiPapiAnreden. Ich sage lieber Röhricht. Als wir uns kennenlernten, nannte ich ihn Matthias. Später Matti. Ich weiß nicht mehr, wann ich seinen Vornamen ablegte. Als Toni auf die Welt kam? Ohne Kinder hatten wir ein anderes Leben. Vielleicht hätten wir keine Kinder haben sollen, und Röhricht lebte noch hier. Was sage ich denn da, nein, das nehme ich zurück, ich verzichte gern auf Röhricht, solange ich die Mädchen habe. Und was heißt denn verzichten, ich bin sogar erleichtert, dass ich nicht mehr mit Röhricht lebe. Darüber spreche ich mit den Mädchen nicht, wie schon gesagt, ich will sie nicht beunruhigen. Bis Toni auf die Welt kam, habe ich Matti zugehört.

Er sprach nachts. Wir schliefen miteinander, dann setzte er sich im Bett auf, nahm einen Schluck Wasser, zündete sich eine Zigarette an und begann. Während er sprach, sollte ich seine Hand berühren oder seinen

Bauch, nicht den Kopf. Ich durfte kein Geräusch machen, bewegte ich mich, unterbrach er sich mitten im Satz. Einmal nickte ich während seines Selbstgesprächs ein. Vertrauensbruch warf er mir danach vor und blieb viele Nächte stumm. Ich entschuldigte mich, tröstete ihn, lockte, schwor, mich interessiere nichts so sehr wie seine Geschichten und trank nach dem Abendessen Kaffee. Röhrichts Geschichten begannen meist ähnlich: Morgens sank das Gebet des Vaters auf den Kakao und auf die Haferflocken, sagte er, oder: Mittags schlierte das Gebet des Vaters in die Suppe. Und dann erzählte Röhricht seine Kinderjahre.

Er hat mich angefüllt mit seinen Geschichten. Hätte ich meine eigene Geschichte gehabt, wäre neben Röhricht kein Platz dafür gewesen. Ich bin ein unkomplizierter Mensch. Leben und leben lassen, das ist meine Devise. Erst seit Röhricht weg ist, habe ich das Bedürfnis, mich auszusprechen. Manchmal fragt ein Klient: Und, wie gehts Ihnen? Mit einem Danke, sehr gut, entbinde ich ihn sofort von der Höflichkeitspflicht, mir zuzuhören. Je weniger Worte ich mache, umso drängender wird mein Wunsch zu reden. Mein Wunsch scheitert an mir und er scheitert daran, dass ich die Person nicht kenne, zu der ich sprechen wollte. Ich kann nicht sagen, warum ich über mich selbst nicht mit meiner Freundin rede. Ich kenne den Grund nicht. Denn ich sehne mich ja nach einer Person, mit der ich sprechen könnte. Mir fehlt diese Person. Über mich selbst kann ich mit niemandem sprechen. Ich höre zu, das bin ich gewohnt. Ob ich kein Vertrauen habe? Doch, doch, ich habe Vertrauen. Meiner Freundin zum Beispiel vertraue ich wie niemandem sonst. Ich suche, nein, ich suche nicht, ich erhoffe eine Person, von der ich nicht einmal weiß, ob sie überhaupt lebt. Vor Jahren bat ich nachts einen Fremden, mich im Auto ein Stück mitzunehmen, weil kein Bus mehr fuhr, und ich kein Geld für ein Taxi dabei hatte. Mit dem Fremden sprach ich. Sprach, wie ich mir Sprechen wünsche. Kein Geschwätz, ich sprach über Leben. Der Fremde horchte, hörte auf eine Weise zu, die mich während dieser Autofahrt glauben ließ, ich erreichte einen Menschen, und er verstünde mich. Das nächtliche Sprechen im fremden Auto hat mich beschwingt. Ich zehrte davon lange; und bemerkte nicht, dass ich in diesem nächtlichen Reden nur die Rolle getauscht hatte: ich sprach, der Fremde hörte zu. Auch mit dem Fremden führte ich kein Gespräch. Gespräche, deren Waagschalen auf gleicher Höhe schweben, kenne ich nur aus Büchern.

Wenn Röhricht nachts sprach, waren das keine Gespräche. Er sprach. Mittags schliert das Gebet des Vaters in die Suppe. Röhricht brauchte eingestreut nur meine kleinen Wörter, ja, ach, wie, mhm, so. Diese Wörtchen vergewisserten ihn meines Zuhörens, er brauchte sie, damit er sich geborgen fühlte, diese Wörtchen lösten sein Stammeln. Er bekräftigte dann, was er gerade gesagt hatte, oder nahm einen verlorenen Faden auf, und seine Geschichte floss weiter. Oft dachte ich, Matti übertreibt, so kann keine Kindheit sein. Ich sagte ihm das nicht, es hätte ihn verstummen lassen. Er hat nicht nur meine kleinen Worte gebraucht, er brauchte meinen vorbehaltlosen Glauben.

Als Toni kam, hatte ich keine Kraft mehr, Röhricht nachts zuzuhören. In dieser Zeit muss ich aufgehört haben, ihn Matti zu nennen, er wurde Röhricht. Manchmal schliefen wir wieder miteinander, danach schlief ich gleich ein. Das Notwendigste tauschten wir aus. Heute die Hauptkehrung, du wirst doch nicht vergessen? Würde es dir passen, wenn ich am Abend früher nach Hause? Könntest du mir bitte den Anzug? Höflich war er in diesen kurzen Sätzen, auf die sich unser Sprechen beschränkte. Seit Toni da war, vergaß er nie das Bitte, das Danke, eine Möglichkeitsform. Mir fiel das nicht auf, ich war beschäftigt mit Toni, sie wollte nicht trinken, schlief nicht durch, schrie. Selbst wenn mir Röhrichts höfliche Schweigsamkeit nach Tonis Geburt aufgefallen wäre, hätte ich ihm nachts nicht mehr zuhören können. Meine Kraft hatte sich erschöpft. Ich konnte das Pianissimo nicht mehr bieten, das er brauchte, damit er sprechen konnte. Man braucht doch einen gestimmten, leisen Raum, damit sich die eigenen Worte lösen. Als Toni sich endlich mit ihrem Stoffwechsel zurechtfand, war ich mit Clara schwanger.

Du hast einen Hang zum Pathos, sagt Röhricht. Ob er sich mit dem Du auf sein Reden bezieht oder auf meines, ist mir nicht klar. Er schreibt mir pathetische Briefe. Auch sein nächtliches Reden war nicht frei von Pathos. Straucheln auf dämmrigen Bergen, diese Wendung liebt er, in seinen Briefen kommt sie vor, er murmelte diese Worte vor sich hin. Röhricht ist kein Leser, das Alte Testament kennt er. Wenn er nachts zu mir sprach, zitierte er ernst und trocken: Ausgeschüttet auf die Erde ist mein Herz. Mein Inneres glüht. Meine Augen ermatten vor Tränen. Konnte ich mir das Lachen nicht verkneifen, war er für Tage verschreckt. Dabei war mir sein Pathos lieb. Ich mag die Sachlichkeit nicht.

Sie wissen, ich lebe von Buchhaltung – eine übertrieben sachliche Äußerung, ein Sachlichkeitsüberschuss sozusagen. Zahlenlisten, netto, brutto, der Saldo muss auf 0,001 Cent stimmen, Zahlenlisten, die niemand liest. Nur der Staat könnte die Listen eines Tages lesen wollen, damit er seinen Finger auf eine Zeile legen und behaupten könnte: Halt. Ein Fehler! Noch nie hat der Staat seinen Finger auf eine meiner Buchungszeilen gelegt, doch es könnte jederzeit geschehen. Der Staat hegt gegenüber seinen Financiers ein ausgeprägtes Vorschussmisstrauen. Vor dem Egoismus, den der Staat unterstellt, schützt er sich, indem er die Leute zwingt, Belege zu sammeln und sieben Jahre lang aufzubewahren. Die Belege beweisen gegebenenfalls die Unschuld. Wenn die Leute im achten Jahr die Belege aus dem ersten Jahr vernichten, sind die Belege aus dem laufenden Jahr schon nachgewachsen. 24 Bücher pro Jahr muss ich für jeden meiner Klienten halten, Bank, Kassa, Losung. Jeder Klient muss dem Staat Regale widmen, die mindestens 168 Ordner fassen. 168 Ordner beanspruchen ungefähr zwölf Laufmeter. Verschwendete Zeit für netto, brutto, Saldo, Tage um Tage. Tage, die mir fehlen. Tage, die mir fehlen, um mich auszusprechen. Stattdessen halte ich Buch. Tag um Tag. Ich will nicht verhehlen, das Verlangen des Staates nach diesen Büchern gibt mir Arbeit, macht mich unabhängig von Röhricht. Außerdem vergesse ich bei brutto, netto, Saldo meinen Wunsch, mich auszusprechen.

Du bist doch nicht von mir abhängig, weil ich unser Geld verdiene, gib deine Arbeit auf, sagte Röhricht. Er hat genug Geld. Ich hatte lange keines. Seit Röhricht weg ist, denke ich, er könnte eines Tages nicht mehr bereit sein, mir sein Haus zu überlassen, Reparaturen und Steuern zu zahlen. Aus diesem Grund bin ich dem Staat dankbar für sein Beharren auf Buchhaltungen, die nicht nur den Staat erhalten, sondern auch mich.

Seit Röhricht weg ist, seit Röhricht weg ist, das klingt wie Uhrenticken. Hat denn eine neue Zeitrechnung begonnen? Befinde ich mich im Jahr 1 nach Röhricht? Kurz nachdem Clara auf die Welt kam, begannen seine Reisen. Er kam nur noch an den Wochenenden nach Hause. Wenn seine Woche nicht die Ergebnisse brachte, die er erwartet hatte, war er das ganze Wochenende mürrisch, schnauzte Toni wegen jeder Kleinigkeit an, gab mir einsilbige Antworten, er wurde wütend, wenn Clara unruhig war oder schrie, er warf mir vor, ich könne nicht mit Kindern umgehen. Ich war erleichtert, wenn er wieder fuhr. Eigentlich hat unser gemeinsames Leben nicht erst vergangenes Jahr aufgehört, sondern schon zu der Zeit, als seine Reisen begannen.

Die Tage vergehen. Ich arbeite mich durch das Haus. Mir kommt unser Haus wie ein Museum vor, seit ich allein darin lebe. Röhricht kann nichts wegwerfen, und die Mädchen haben ihre Kindersachen alle hiergelassen, als sie auszogen. Ich habe Toni und Clara gesagt, dass ich ausmiste, sie sollten aussortieren, was sie behalten wollen. Puppen, Milchzähne, Eislaufschuhe, ihre Kinderkleider, von keinem Stück wollten sie sich trennen. Ich schlichte die Sachen jetzt in den Keller. Röhricht hat uralte Poster der Fußballnationalmannschaft aufbewahrt, Spielerporträts, zig Jahrgänge einer Fußballzeitschrift, seine Rechner aus der frühen Computerzeit. Ganz zu schweigen von den LPs. Und dann die Fotos, ich sitze Stunden über den alten Fotos und schaue mir die Filme der Mädchen an, da gibt es einen von Clara, als sie gehen lernte, entzückend. Ich sagte ja, ein Museum. Ich brauche Luft hier oben, ich will in die Gegenwart. Das Ausmisten ist mein Anfang.

Wie der Anfang anfing? Vor einem Jahr, kurz nach dem Begräbnis seiner Mutter, machte Röhricht eine Reise an den Atlantik. Drei Wochen wollte er dort verbringen. Ich wäre gerne mitgefahren, ich kenne Röhrichts Stadt am Atlantik nicht, aber ich musste einige Bilanzen abschließen, Terminarbeiten. Nach drei Wochen schrieb Röhricht, er werde länger bleiben, er könne noch nicht sagen, wann er zurückkomme. Mich hat das nicht beunruhigt, ich fühle mich ganz wohl ohne ihn.

Bevor er zu studieren begann, war Röhricht am Atlantik. Er hat oft von dieser Küste gesprochen, die Bilder schienen sich ihm tief eingeprägt zu haben. Die Fische, die er dort gesehen hatte, wurden von Jahr zu Jahr größer – in seinem Kopf. Wenn Röhricht gut gelaunt war, erzählte er von der Stadt am Atlantik. Die Mädchen gähnten, wenn er damit begann, schon wieder Atlantik, sagten sie und verließen das Zimmer. Ich hatte diese Geschichte selbst schon oft gehört, wie ich alle Geschichten Röhrichts wieder und wieder gehört habe, doch in manchen Jahren war ich froh, wenn er überhaupt mit uns sprach, und die Geschichten vom Atlantik mochte ich, weil sie ihn freundlich und heiter stimmten. Ob er mit Toni und Clara über seine Kinderjahre sprach? Nein, über seine Eltern und seine Kindheit erzählte er den Mädchen nichts. Sie sahen Röhrichts Eltern selten und fragten nicht nach ihnen. Manchmal kommt es mir vor, als hätten sie diese Großeltern vergessen. Für die Mädchen zählen nur meine Eltern.

In seine Stadt am Atlantik, wie er sie nannte, reiste Röhricht vor einem Jahr. Als er beschlossen hatte, länger zu bleiben, rief er oft an. Er sprach von einem kleinen Café auf einem Hügel, das er noch von seiner ersten Reise kenne. Jeden Tag gehe er hinauf, hier habe er den besten Ausblick über die Stadt, die Flussmündung, man sehe das Meer bis zum Horizont. Er sprach von violettem Licht, das abends die Jacarandas umgibt, von rosa leuchtenden Bougainvillea. Röhricht war redselig in diesen Telefonaten. Ich erzählte nicht viel, hier hatte sich wenig verändert, ich fragte nur, ob ich dies oder jenes wegwerfen könne, nein sagte er, nein, und ich hörte zu. Später rief er kaum noch an, er schreibt mir ziemlich regelmäßig.

Ich nehme seine Abwesenheit hin. Wir hatten keinen Streit, bevor er ging. Wir sprachen nicht über Scheidung. Durch seine Briefe erfahre ich jetzt fast mehr von Röhricht als in seinen Reisejahren, in denen er an den Wochenenden noch nach Hause kam. Die Mädchen sind offenbar so an seine Abwesenheit gewöhnt, dass sie ihn nicht zu vermissen scheinen, zumindest sagen sie nie etwas in dieser Richtung. Vielleicht glauben sie auch, sie müssten mich schonen. Erst unlängst kam wieder ein Brief von Röhricht.

Ich bin ein unkomplizierter Mensch. Aber dieser Brief. Ich habe mich sofort wieder zu brutto, netto, Saldo gesetzt, stand wieder auf, holte meine Notzigarette aus dem Versteck, ich bin Nichtraucherin. Ich konnte nicht buchen, nicht ausmisten. Ich ging in den Wald. In diesem Brief ist ein Röhricht auferstanden, den ich kannte, bevor die Kinder kamen. Da ist wieder dieser pathetische Ton, der mich manchmal zum Lachen gereizt hat. Matti.

Wie mit uns alles angefangen hat, mit Matti und Gitti? Simpel, sehr simpel, auch wenn ich unsere Begegnung damals für einzigartig hielt. Ich stamme aus einem

Dorf oben an der Grenze. Ich kam zum Studieren in die Stadt. Von meinem Stipendium konnte ich nicht leben. Ich nahm jeden Job, der mir unterkam. Im Fußballstadion habe ich im Pausenbuffet Würstel verkauft. Mit dem Stundenlohn, den ich bekam, könnte ich heute keinen Kaffee bezahlen. Ich war zum ersten Mal im Stadion.

Ich schneide das Plastik auf, ziehe die langen Glitschlinge aus der Verschweißung und will sie ins Kochwasser legen. Zählen, sagt da einer, der zum Bierzapfen angestellt ist. Zählen, frage ich, und nehme den Burschen erst jetzt wahr. Ja, du musst die Würstchen zählen und das Ergebnis mit der Zahl auf dem Lieferschein vergleichen, bevor du mit dem Verkauf beginnst, sagt er. Wenn dir bei der Abrechnung eines fehlt, ziehen sie dir die Differenz vom Lohn ab. Was mischt sich der Bierzapfer in meinen Job ein? Besserwisser. Und doch beginne ich zu zählen, 700 Würstel sollen es sein, ungefähr beim zweihundertfünfzigsten verzähle ich mich. Noch einmal von vorn. Das Gebrüll von den Rängen wird laut, die ersten Fans torkeln vor der Halbzeit ins Buffet. Die Würstel sind kalt. Dieser Bursche, der sich in meine Arbeit einmischt, lenkt die Fans von den Würsteln zum Bier ab. So haben wir uns kennengelernt. Ich ging nicht mehr ins Stadion.

Matti traf ich von diesem Tag an oft. Für das erste Treffen mit ihm hatte ich mir eine Plauderei vorgestellt. Nein, ich stellte mir nichts vor. Ich wollte ihn wiedersehen. Seine Mähne zog mich an: dichte helle Korkenzieherlocken. Wie gefällts Dir bei uns, frage ich, bevor der Ober noch unsere Bestellung aufnimmt.

Wo ist bei uns, fragt Matti zurück.

Ja hier, in Österreich, sage ich.

Ich bin hier geboren, erwidert Matti.

Du kommst nicht aus Deutschland?

Nein, sagt er.

Aber wie du sprichst?

Meine Eltern sprechen nach der Schrift, sagt Matti.

Ich wollte nur ins Gespräch kommen. Im Stadion hatte Matti den Würstchensatz noch nicht beendet, und ich hielt ihn schon für einen Deutschen. Wer sonst setzt seine Worte so lächerlich genau? Seine Art zu reden reizte mich. Ich wollte ihn ein wenig verwirren. Nun behauptete er Hochdeutsch, ohne eine Silbe zu verschleifen, Österreicher zu sein, als sei er darauf stolz.

Warum ich mich mit Matti bald wieder traf? Ich weiß nicht, was mich anzog, außer der Mähne. Warum ließ ich mich auf ihn ein, warum blieb ich an ihm hängen? Er war spröde, unzugänglich, wortkarg. Am Anfang sprach er nur, wenn ich ihn etwas fragte, er brachte selbst kein Gespräch in Gang. Ich erzählte von meinem Dorf, sprach über meine Eltern, die wie meine Großeltern immer in diesem Dorf gelebt haben, nur zum Studieren für ein paar Jahre weggingen, eine Lehrerfamilie. Ich habe keine Geschwister. Ich besuche meine Eltern oft. Diese Besuche geben nicht viel her, was sich zu erzählen lohnte.

Und du, hast du Geschwister, fragte ich. Ja, eine Schwester, Deli, sagte Matti. Er treffe sie selten. Seine Mutter sei als Flüchtling nach Österreich gekommen, sein Vater sei Österreicher. Seine Eltern hätten die Wohnorte häufig gewechselt, als er ein Kind war, seien sie nach Deutschland übersiedelt, dann zurück nach Österreich, und die Eltern lebten jetzt wieder in Deutschland. Matti besuche sie einmal im Jahr. Er brauche Abstand, sagte er, sein Leben gehe seine Eltern nichts an.

Ob ich keine schönen Erinnerungen an unseren Anfang habe? Ach, schöne Erinnerungen. Welche Erinnerungen sind schon schön?

In der warmen Jahreszeit gingen wir spätabends in den Park. Wir wussten, wie man hineinkommt, wenn die Tore geschlossen sind. Ich sehe das Aufleuchten der Scheinwerfer des Parkwächterautos, nicht unsere Gesichter, Hände, keine Münder. Ich weiß, dass wir in einer Sommernacht am Brunnen im Park die Kleider ablegten und ins Wasser stiegen. Ich weiß das nur, ich sehe uns nicht. Das Wasser war eisig, wir waren schnell wieder draußen. In diesem Park hat Matti an einem Nachmittag einen Kranz aus Gänseblümchen geflochten. Für mich. Ich weiß das, und ich sehe den Kranz nicht und nicht Matti beim Flechten, als könnte er das nie getan haben. Als Blindband liegen unsere ersten Jahre in mir. Ein Paar wurden wir, als er einmal den Faden seiner Geschichte verlor. Ich tat nichts, um sein Reden wieder in Gang zu bringen. Du bist meine dritte Freundin, sagte er, aber meine erste Frau. Da verstand ich erst seine Ungeschicklichkeit. Wir gingen selten Hand in Hand. Tagsüber war Matti steif und einsilbig. Am Tag war er Röhricht, erst nachts wurde er Matti.

Er borgte sich den Wagen eines Freundes aus, wir fuhren in die Hügel über der Stadt, stellten den Wagen auf einem Parkplatz ab, blieben sitzen, hörten Angie zu, Angie, where will it lead us from here. Matti sagte, sein Vater habe ihm die Stones verboten, als Sympathy for the Devil herauskam. Pleased to meet you, hope you guess my name. Der Vater habe den Song so ernst genommen, dass er ihm eine Predigt widmete. Sein

Vater war Pastor. I hate that sadness in your eyes. Wer sang das mit? Ain't it good to be alive? Im Duett.

Matti gehörte noch zu der Kirche, für die sein Vater predigte. Matti besuchte diese Kirche nicht und trat nicht aus. Wir überqueren gemeinsam eine Straße in der Stadt. Matti bleibt mitten auf der Fahrbahn stehen, schließt die Augen und murmelt etwas vor sich hin. Matti, komm, die Autos, rufe ich, Autos bremsen abrupt, hupen, ich zerre Matti auf den Gehsteig. Ist dir schlecht geworden? Ich habe gebetet, sagt er. Was hast du? Gebetet, sagt er. Wir gehen gemeinsam ins Theater. Matti neben mir schließt die Augen und beginnt zu murmeln, die Nachbarn zischen, Matti murmelt, Vater unser im Himmel, die Nachbarn zischen lauter. Ich stoße Matti in die Seite, er reagiert nicht. Ich muss beten, sagt er nach der Vorstellung. Auf einer Fahrt in die Hügel schließt Matti die Augen und beginnt zu murmeln, ich schreie, greife ins Steuer. Ich muss beten, sagt Matti. Ich wollte nicht mehr gemeinsam mit Matti unter Leute gehen. Ich bekam Angst um ihn, wenn er allein unterwegs war. Mein Mitleid wurde groß, wie Liebe.

Eines Tages sagte er, sein Vater habe geschrieben. Ja, und? fragte ich, wie gehts ihm? Das schreibt er nicht, antwortete Matti. Was schreibt er denn, ist etwas passiert? Lies selber, antwortete Matti und gab mir den Brief. Er war kurz, nur ein paar Zeilen. Dem Vater sei zu Ohren gekommen, Matthias stehe in näherem Kontakt zu einer jungen Frau. Dieser Kontakt sei sofort abzubrechen oder die Beziehung sei zu legalisieren. Finde die Legalisierung nicht umgehend statt, sei der Vater gezwungen, seinen Beruf aufzugeben. Er erwarte Mattis Antwort innerhalb einer Woche.

Was willst du tun, fragte ich. Wir werden wohl heiraten müssen, erwiderte Matti. Was? Hast du nicht gesagt, dein Leben gehe deine Eltern nichts an? Heiraten? Müssen? Nicht mit mir, rief ich. Ich heirate keinen Mann, der lediglich den Befehl eines Vaters ausführt, den ich nicht einmal kenne, sagte ich. Matti schwieg, stand vor mir, versteinert irgendwie, mit hängenden Schultern. Er tat mir leid, ich wartete auf ein Wort von ihm, eine Geste zumindest. Er schloss nur die Augen und begann zu beten. Matti, rief ich, das ist doch dein Leben. Unser Leben, das sagte ich nicht. Ich ging weg, ohne ein weiteres Wort. Matti versuchte nicht, mich zurückzuhalten.

Ich dachte, er würde sich wieder melden. Er rief aber nicht an, kam mich nicht besuchen, er schrieb nicht. Dann blieb meine Regel aus. Ich rief ihn an, wir trafen uns. Ich bin ein unkomplizierter Mensch. Aber dieses Wiedersehen. Ich hatte gedacht, Matti würde sich freuen. Doch falls er sich gefreut hat, zeigte er es nicht. Er bemühte sich nicht um das Gespräch, jeden Satz musste ich ihm abringen. Ich hatte gedacht, er würde noch einmal auf den Brief zu sprechen kommen. Wir sprachen nicht über den Brief. Ich weiß nicht mehr, wie wir diese Stunde, mir wurde die Situation peinlich. Ich bin schwanger, sagte ich schließlich in sein Schweigen. Er schaute auf, sah mich an. Wir werden wohl heiraten müssen, sagte ich und lachte. Matti ging darauf nicht ein.

Warum ich Ja gesagt habe? Ich wollte Kinder und wollte keine alleinerziehende Mutter sein. Wir fuhren nach Deutschland zu seinen Eltern. Wir sprachen unterwegs nicht über die Begegnung, die uns erwartete. Matti sagte nur: Kein Wort von dem Kind!

Mattis Vater begrüßt uns mit gebleckten Zähnen lächelnd. Er ist kastenartig breit, sein Kopf und besonders seine Ohren erschienen mir auffällig groß. In diesem Kopf sitzt klein und knollig die Nase, widersetzt sich den Proportionen. Das ist Brigitte, sagt Matti, er nannte mich sonst nie Brigitte. Der Vater gibt mir die Hand und schaut an mir vorbei, kommen Sie weiter, sagt er und spricht gleich übers Wetter. Er führt uns zur Garderobe und pfeift tonlos: Ein Männlein steht im Walde. Aus dem Zimmer am Ende des Gangs kommt eine kleine, drahtige Frau. Bevor sie noch ein Wort an uns richtet, überfliegt mich ihr Blick. Guten Tag, Röhricht, sagt sie und ringt sich ein Lächeln ab. Das ist also diese Brigitte, sagt sie zu Matti. Legen Sie doch bitte ab, mein Fräulein, sagt sie. Ich murmle Guten Tag, suche Mattis Augen, die sind nicht da. Da ist die helle Schürze seiner Mutter. Auf dem Weg ins Esszimmer bindet sie die Schürze ab. Wo ist Matti? Ich stehe in einem weiß tapezierten Raum zwischen seinem Vater und seiner Mutter, als sei ich allein hierher gekommen. Draußen liegt ein Garten. An den Wänden hängen Stiche. Der Tisch ist gedeckt, weißes Tischtuch, Kerzen, Silberbesteck, ein Blumensträußchen in der Mitte, Stoffservietten, blau bemaltes Porzellan. Bei uns zuhause geht es ziemlich einfach zu, meistens essen wir am Holztisch in der Küche. Mattis Mutter bittet uns Platz zu nehmen. Sie wendet sich zu einer Durchreiche und stellt das Essen auf den Tisch. Sie setzt sich, faltet auf der Tischkante die Hände, Mattis Vater sagt, wir wollen beten, und er betet. Gesegnete Mahlzeit. Mattis Mutter reicht mir jede Schüssel zuerst und verfolgt die Bewegung, mit der ich mich bediene. Der Saucenlöffel rutscht mir aus der Hand, das Tischtuch ist verpatzt.

Matti entfährt ein erschreckter Seufzer. Als die Mutter mir den Salat reicht, sagt sie, bei ihnen sei es üblich, das Salatbesteck mit nur einer Hand zu fassen, gewiss, das erfordere etwas Übung. Sonst fallen wenige Sätze. Matti antwortet nur, wenn er gefragt wird, antwortet knapp. Ich höre die Zähne des Vaters. Ich werde nervös, verfalle in den Dialekt meines Dorfes und bitte um das Teller. Mattis Mutter sieht ihn an, als habe er ihr die Pest eingeschleppt. Nach dem Essen sagt der Vater, ihr kommt jetzt bitte mit mir, er meint Matti und mich.

Wir gehen in ein Zimmer, dessen Wände mit Bücherregalen möbliert sind, vor dem Fenster steht ein schwerer Schreibtisch. Mattis Vater setzt sich dahinter. Wir stehen nebeneinander vor dem Schreibtisch, Mattis Vater legt die Handflächen aneinander, stützt die Handkanten auf den Tisch, schaut mich an. Brigitte, sagt er, ich vergebe Ihnen Ihre Sünden. Er erkundigt sich dann nach meinen Studienerfolgen und nach dem Beruf meines Vaters. Ob ich bereit sei, mein Studium aufzugeben, falls wir einmal Kinder, will er wissen. Die kirchliche Trauung könne vor der standesamtlichen stattfinden, sagt er, er werde selbstverständlich die Trauung vollziehen. Mir entkommt ein: Wie? Vollziehen, sagt er. Matti sagt nichts. Ich will seine Hand nehmen, er schiebt meine Hand weg. Deine Mähne, sagt jetzt Mattis Vater, aber das versteht sich ja von selbst. Matti sagt nichts. Sein Vater steht endlich auf, hebt die Arme auf Schulterhöhe, überkreuzt die Hände und spricht Worte, die wie der Segen in der Kirche klingen. Er geht vor uns aus dem Raum und sagt, wir gehen jetzt ins Wohnzimmer. Dort steht Mattis Mutter, als habe sie auf uns gewartet. Jetzt wollen wir aber auf die glückliche Stunde anstoßen, sagt sie, nehmen Sie doch auf dem Sofa Platz, sie nimmt vier geschliffene Gläser aus einer Vitrine, Mattis Vater schenkt Likör ein. Ich bitte um Mineralwasser, Matti schaut kurz zu mir. Das Schlückchen werden Sie wohl vertragen, sagt seine Mutter. Sie werden aber schon in Weiß, sagt sie dann.

Das alles hätte ich nicht erzählen müssen, es liegt so lange zurück. Darüber wollte ich gar nicht reden. Stimmt, ich habe mir Fragen gewünscht, die etwas lösen. Vielleicht gehört das Lösen zu meinem Anfang.

Nach dem Likör fuhr uns Mattis Vater zum Bahnhof. Mir war übel, während der ganzen Rückfahrt war mir übel. Ich bin schwanger, dachte ich, den meisten Frauen ist übel in der Schwangerschaft. Mir war so übel, dass ich an Matti kein Wort richten konnte, und er versuchte nicht, mit mir zu reden. Wenn ich heute an diese Rückfahrt denke, sehe ich uns wie zwei gestrandete Robben, besudelt mit Öl. Ich denke nicht oft an diesen Tag.

Am Tag der Trauung boten mir Mattis Eltern das Du wie eine Huld an. Ich heiße Jad, sagte die Mutter, als verkünde sie eine aufregende Neuigkeit. Fau, sagt der Vater und deutete einen Diener an. Ich hätte gern auf das Du verzichtet. Matti nennt seine Eltern Vater und Mutter. Bei unserer Hochzeit sah ich Adele zum ersten Mal, Mattis Schwester, er nennt sie Deli. Sie war ziemlich distanziert, nicht nur mir gegenüber, sondern mehr noch gegenüber Matti und ihren Eltern. Wir kamen an diesem Tag nicht zum Reden.

Bald nach der Hochzeit hörte Matti auf zu beten und ging regelmäßig zum Friseur. Ob wir seine Eltern nach der Hochzeit besucht haben? Röhricht wollte sie nicht besuchen. Ich bestand auf diesen Besuchen; einmal im

Jahr waren wir ein paar Stunden bei seinen Eltern. Nach Tonis Geburt kamen sie für einen Tag zu uns. Das ist aber kein Sieben-Monats-Kind, sagte Jad, als sie mir Toni aus dem Arm nahm. Ja, ja, sagte Jad zu Toni, es ist nichts so fein gesponnen, dass es nicht käme an die Sonnen.

Ich glaubte mich zu erinnern, Matti hätte aufgehört nachts mit mir zu sprechen, als Toni auf die Welt kam. Jetzt fällt mir auf, dass sein nächtliches Sprechen schon vorher aufgehört haben muss. Das hatte mit meiner Übelkeit während der Schwangerschaft zu tun. Ich konnte Matti nachts nicht mehr zuhören, konnte mich nicht konzentrieren, nicht lernen. Ich gab mein Studium auf, noch bevor Toni auf die Welt kam. Meine Übelkeit hat sich auf Toni übertragen, sie hatte im ersten Lebensjahr Koliken, erbrach nach jedem Essen. Jetzt ist sie bald dreißig und hat einen empfindlichen Magen.

Matti schloss sein Studium kurz vor Tonis Geburt ab und begann für den Konzern zu arbeiten, bei dem er dann jahrelang blieb. Ich hatte Matti bis dahin für schüchtern gehalten und war verblüfft, wie schnell er sich nach oben arbeitete, mit seinen Konkurrenten war er nicht zimperlich. Manchmal hörte ich ihn mit einem von ihnen oder mit einem seiner Mitarbeiter telefonieren. Matti klang großspurig, unangenehm.

Ich wollte Toni taufen lassen, römisch-katholisch. Die Kirche ist mir eigentlich gleichgültig, erst seit ich die Schwiegertochter eines Pastors geworden bin, habe ich die römisch-katholische Kirche wieder schätzen gelernt.

Wann lassen wir Toni taufen, frage ich Röhricht. Taufen? Mein Kind? Kommt ja gar nicht in Frage, sagt er, meine Tochter wird ein freier Mensch. So frei wie du, erwidere ich. Röhricht geht auf meine Stichelei nicht ein und sagt, wenn Toni erwachsen ist, soll sie selbst entscheiden, ob sie eine Religion braucht und welche. Du bist Freikirchler, sage ich. Nein, ruft er, ich missbillige lediglich, dass Leute so tun, als seien sie das Bodenpersonal Gottes. Mir ist egal, ob sie sich als Römisch-Katholische, Reformierte oder Orthodoxe kostümieren. Sie gebrauchen Gott, Allah, Jahwe für ihre Menschensache, wie meine Pastoreneltern den Herrn Jesus Christus für ihre Sache gegen mich gebraucht haben. Sie haben mich vor dem Reich Gottes angekettet. Ich lehne diese Kaste ab. Auch das Bodenpersonal der Juden und Muslime lehne ich ab. Du bist Atheist, sage ich. Nein, du verstehst nichts, ich brauche keine Vertretung, sagt Röhricht. Meine Tochter braucht sie noch weniger, sie kann noch nicht einmal sprechen, geschweige denn entscheiden. Deine Tochter, sage ich, du meinst wohl, unsere? Ich werde meine Tochter vor ihrer Mutter und vor deren Kirche schützen, sagt er.

Toni wurde natürlich nicht getauft. Als Clara auf die Welt kam, sprach ich das Thema nicht mehr an. Wir haben zwei Heidenkinder. Die Mädchen sagen manchmal, sie würden gerne kirchlich heiraten, das sei so romantisch.

Nach Claras Geburt wurde Röhricht Europachef des Konzerns, er kaufte dieses Haus, in dem ich bis heute lebe, er begann zu reisen. Er kam nur noch an den Wochenenden nach Hause. Er hat die Mädchen nicht aufwachsen sehen. In den ersten Jahren war er nur im Westen unterwegs. Später kam Warschau dazu, Budapest, Prag, Zagreb, Moskau, Tirana, Kiew, Bukarest, Tiflis. Einmal im Monat flog er in die USA, in die Zentrale, ein Pflichttermin. Ich hörte auf, ihn zu fragen, wohin er am nächsten Tag fliege, wenn ich die Hemden in seinen Koffer legte. Gepackt hat er nie selbst. Seinen Koffer zu packen, das war für mich, als könnte ich ein Stück weit mitreisen, später wurde das Packen Routine. Während der Woche telefonierten wir, dann fragte ich, wo bist du? Röhricht kannte die Flughäfen, ein zwei Hotels in jeder Stadt und einige Bars. Ich fragte nicht, ob er allein sei. Bei einer Betriebsfeier hatte eine seiner Mitarbeiterinnen etwas angedeutet. Als Assistentin nahm Röhricht stets eine Frau mit klassischen Maßen. Er schätzte das Blonde. Er reiste mit der Assistentin und wechselte sie häufig. Sobald eine aufmuckt, sagte Röhrichts Mitarbeiterin.

Ich habe das nicht immer hingenommen. Ich suchte mir eine kleine Wohnung und versicherte mich der Unterstützung meiner Eltern, falls ich mich scheiden ließe. Meine Mutter schien erleichtert, sie hatte Matti nicht ins Herz geschlossen. Bevor ich den Mietvertrag für die neue Wohnung unterschrieb, sagte ich Röhricht, ich würde mit den Mädchen ausziehen. Er fragte nicht warum, er erwiderte gar nichts, nur sagte er, er werde mit den Mädchen einen Spaziergang machen. Das hätte mich stutzig machen sollen. Er ging sonst nie mit den Mädchen spazieren. Er packte sie ins Auto und fuhr weg. Als es dunkel wurde, waren sie noch nicht zurück. Erst in der Nacht rief er an. Er drohte, sich und den Mädchen etwas anzutun. Er sprach kalt. Ich war außer mir vor Angst. Wozu brauchte er mich? Wozu die Mädchen? Er beschäftigte sich kaum mit ihnen, mit mir sprach er wenig, wenn er zuhause war, außer den Kindern hielt uns nichts zusammen. Am Wochenende schaute er sich im Fernsehen Fußballspiele an, las die

Börsenberichte, Bilanzen. Ich weiß nicht, warum ich bei Röhricht blieb. Ich schlief in unseren ersten Jahren gern mit ihm, das gebe ich zu.

Vielleicht ketten uns nur die Demütigungen aneinander, die wir gemeinsam hingenommen haben. Wir teilen diese Erinnerungen wie ein Geheimnis, sprechen mit niemandem darüber, auch nicht miteinander, als schämten wir uns. Welche Demütigungen? Habe ich nicht gerade erzählt, wie unsere Ehe zustande kam?

Wo war ich stehen geblieben, ach ja, in dieser Nacht, als Röhricht die Mädchen nicht nach Hause brachte. Er rief in der Nacht endlich an. Noch am Telefon versprach ich zu bleiben. Versprach, ihn nie zu verlassen, versprach alles, wenn er nur sofort die Mädchen zurückbringe. Am nächsten Tag sagte er, er werde in Zukunft ohne Assistentin reisen. Ich blieb.

Eine Zeitlang reiste er allein, an den Wochenenden bemühte er sich um uns, brachte den Mädchen Geschenke mit, erzählte manchmal vom Atlantik, ab und zu lud er mich in die Oper ein oder in ein teures Restaurant. Ich wäre zwar lieber ins Kino gegangen, doch ich wollte keine Spielverderberin sein, zog die Kleider an, die Röhricht mir kaufte und begleitete ihn in die Oper. Unter der Woche konnte ich mich ganz den Mädchen widmen, die Bedienerinnen kümmerten sich um den Haushalt. Ich mochte das Spielen mit Toni und Clara, ihr Staunen, wie sie sich freuten über Kleinigkeiten. Sie haben mich ohne Bedingung geliebt. Bei schönem Wetter fuhr ich mit ihnen zu meinen Eltern ins Dorf, bei meinen Eltern waren die Mädchen gern.

Zu unserem Haus, Röhrichts Haus, gehört ein Garten mit einem Schwimmbecken, im Keller ist die Sauna; aus so einem Haus zieht man ungern aus. Jedes Jahr unternahm Röhricht mit mir und den Mädchen eine Reise. Das Leben mit ihm hat seine Vorteile. Ich könnte den Mädchen nichts Vergleichbares bieten.

Als Röhricht wieder eine Assistentin einstellte, gingen die Mädchen schon ins Gymnasium. Ich meldete mich zu einem Buchhaltungskurs an und richtete mir das Gästezimmer her. Ich hatte mich mit Röhricht abgefunden, die Assistentinnen nahmen mir einen Teil der Arbeit ab. Ich bin immer noch mit Röhricht verheiratet. Wir leben nur nicht im selben Land.

Was für Röhricht das Leben mit mir bedeutet hat, wozu er mich brauchte? Ich habe keine Antwort. Mir fallen nur die Family Meetings ein. Family Meetings? Ja, einmal im Jahr lud Röhrichts Konzern seine Manager mit Gattinnen in die USA ein. Diese Treffen wurden Family Meeting genannt. Diese Familie traf sich jedes Jahr in einer anderen Stadt, immer in einem eigens angemieteten Hotel der obersten Preisklasse. Die Zimmer wurden je nach dem konzerninternen Status der Gatten vergeben. Röhricht sprach bei diesen Treffen vor den Managern des Konzerns über die Erfolge und Gewinne der europäischen Familienmitglieder. Er würzte seine Rede mit Bibelzitaten, das kam bei den Amerikanern an, er sprach frei, unterstützt nur von einigen Grafiken, er bekam Applaus. Nach seiner Rede gingen die Vorstandsmitglieder auf Röhricht zu, schüttelten ihm die Hand, klopften ihm auf die Schulter, und er lächelte mit gebleckten Zähnen. Wir kamen an diesen Abenden spät auf unser Zimmer.

Vor seinen Kollegen hatte Röhricht gesprochen, als gehöre die Welt ihm, selbstsicher, witzig, forsch, tatkräftig und gewiss, alles wäre möglich. Sobald die Zuschauer und Bewunderer verschwunden waren, schmolz Röhricht zusammen, vielleicht ist er eine Art Schneemann. Er verlor nach diesen Auftritten den Boden unter den Füßen, sank in ein Nichts, als sei er so sehr zu Röhricht geworden, dass er Matti nicht mehr sein konnte. Ich war das Scharnier, das die beiden zusammenhielt. In diesen Hotelzimmern musste ich nachts sanfte Worte finden. Ich wiegte Röhricht und Matti in meinen Armen. Ich musste Matti zurück ins Leben holen, ohne Röhricht verhungern zu lassen. Bis zur nächsten Begegnung mit den Kollegen blieben nur wenige Stunden. Wenn Matti früh am Morgen in unruhigen Schlaf fiel, wischte ich ihm den Schweiß von der Stirn und zog ihm einen frischen Pyjama an. Beim Frühstück neben den Kollegen gab sich Röhricht dann launig und kaum arrogant. Ich fürchtete diese Family Meetings von Jahr zu Jahr mehr. Röhricht bestand auf meiner Teilnahme, der Vorstand verlange, dass die Gattinnen dabei sind.

Röhricht verglich sich gern mit einem General. Seine 50.000 Mitarbeiter könnten zwar tun und lassen was sie wollen, nur die Ergebnisse der Mitarbeiter müssten besser sein, als die ihrer Kollegen. Schließlich wurde Röhricht in den amerikanischen Konzernvorstand berufen. Ich weigerte mich, mit den Mädchen in die USA zu übersiedeln, Toni stand kurz vor der Matura. Röhricht kam in dieser Zeit selten nach Hause. Kam er, war ich erleichtert, wenn er distanziert und forsch blieb: Röhricht. Meistens packte ich nicht nur seine Koffer, sondern musste auch Röhricht mit Matti versöhnen. Anstrengende Tage waren das. Dann begannen die Mädchen zu studieren, zuerst zog Toni aus, bald wollte Clara eine eigene Wohnung. Ich habe mich nur schwer daran gewöhnt, allein zu leben. Ich war froh, dass ich rechtzeitig mit der Buchhaltung angefangen hatte. Eine Ablenkung. Überraschend starb Röhrichts Gönner, der Röhrichts Hang zu den Assistentinnen geduldet hatte, solange in Europa die Umsätze stiegen. Der Gönner war noch nicht begraben, als Röhricht anrief und sagte: Meine Gegner kriechen aus den Gräben und eröffnen das Feuer. Das Gemunkel über Röhrichts Assistentinnen wurde lauter. Ich musste für einige Monate zu Röhricht in die USA kommen. In den Nächten zerfiel er nicht mehr, sondern tobte. Matti hingegen wagte sich nicht aus dem Nest. Röhricht wurde schließlich degradiert, einem anderen General unterstellt und verließ kurz darauf den Konzern.

Röhricht kam zurück, ich packte seine Koffer aus, er fuhr montags in der Früh nicht mehr weg. Die Mädchen besuchten uns, ich lud Röhrichts Freunde ein, ich wollte feiern. Ich glaubte, Röhricht würde sich ganz zurückziehen, und wir könnten endlich unser eigenes Leben beginnen. Ich glaubte, unsere zweite Chance wäre gekommen. So schwierig das Leben mit Röhricht auch war, mit ihm wollte ich alt werden. Er musste nicht mehr arbeiten, wir hatten mehr als genug. Röhricht zog sich tatsächlich zurück, aber nicht nur von seinem Konzern. Er blieb im Bett, verschlief einen Tag und den nächsten, wollte nicht einmal zum Essen aufstehen, zog sich nicht an, war zu keinem Spaziergang bereit, zu keinem Opernbesuch, sprach nicht. Er ließ einen Kokon um sich wachsen, verkroch sich darin. Headhunter riefen an, Röhricht war nicht zu sprechen, ich nahm die Jobangebote entgegen.

Als im Nachbarland ein Vorstandsvorsitzender gesucht wurde, bekniete ich Röhricht, sich zu bewerben. Ich wollte, dass er wieder arbeitet, weil ich das Leben mit diesem stummen dunklen Wesen nicht ertrug. Als ich ihn überredet hatte, stand er auf, duschte, rasierte sich, verlangte nach seiner Garderobe, ging zum Friseur, seine Stimme wurde kräftiger, er sprach davon, Kohorten in Stellung zu bringen und reiste ab. Er bekam den Job und war wieder unterwegs. Abends rief er aus irgendeiner Stadt an, am Wochenende kam er meistens nach Hause. Er blieb nicht lange in diesem Job, wechselte die Chefsessel in den nächsten Jahren häufig. Vergangenes Jahr starb seine Mutter. Bald nach dem Begräbnis reiste er privat an den Atlantik, seither schickt er Briefe.

Der Brief, der unlängst kam, ist eigentlich kein Brief an mich. Röhricht schickte mir die Kopie eines Briefes an seinen Vater. Röhricht hatte seinem Vater nie geschrieben, er besuchte seine Eltern auch als sie alt wurden nur, wenn ich darauf bestand. Nicht weil ich Röhrichts Eltern gerne besucht hätte, bestand ich darauf, sondern weil es meiner Art widerspricht, Eltern in dieser Weise zu vernachlässigen.

Den 80. Geburtstag seiner Mutter hätte Röhricht verpasst, hätte ich ihn nicht an das Datum erinnert. Ich wollte Blumen kaufen, es war mir peinlich, mit leeren Händen zu der alten Frau zu kommen. Röhricht wurde wütend, in dieses Haus bringe ich kein Geschenk, rief er, und du wirst das auch nicht tun. Ich fügte mich. Röhricht hatte dreißig Minuten für den Besuch eingeplant. Er gibt seiner Mutter die Hand zur Begrüßung, verneigt sich kurz und sagt, Guten Tag Frau Röhricht. Wir setzen uns mit den Eltern und Mattis Schwester Deli zum Kaffeetisch. Mattis Handy läutet, er steht auf, geht aus dem Zimmer, kommt erst nach einer Weile zurück. Dann ein Anruf für die Mutter. Der Vater bringt ihr das Telefon zum Tisch. Ja, sagt sie, mein Ältester ist da, und sie scheint ihre Tochter Deli nicht wahrzunehmen. Mattis Vater wird während Jads Telefonat nervös, als fürchte er, Jad könnte etwas Ungeschicktes sagen. Schließlich nimmt er ihr den Hörer aus der Hand und beendet selbst das Gespräch. Nach dreißig Minuten blinkt an Mattis Uhr ein Lämpchen, kurz darauf piepst ein Signal. Matti steht auf, sagt zu seiner Mutter, Auf Wiedersehen Frau Röhricht. Ehe sie begriffen hat, dass ihr Sohn endlich auf Besuch gekommen ist, geht er schon wieder.

Ich hatte einen roten Kopf als wir aufstanden. Deli warf Matti einen finsteren Blick zu. Sie war schon am Vortag gekommen und schaffte es nicht, mit uns zu gehen. Deli würde ihre Mutter beruhigen und ins Bett bringen, den Kaffeetisch abdecken, Geschirr waschen und erst am nächsten Tag nach Hause fahren. Ich verstand Deli. Ich hätte es genauso gemacht, wenn Jad meine Mutter wäre. Delis Ärger über uns ertrug ich leichter, als Mattis Wut, wenn ich darauf bestanden hätte, länger zu bleiben. Früher hatte Matti nachts mit mir über seine Eltern gesprochen, mit ihnen selbst sprach er nicht, auch kaum mit seiner Schwester Deli. Er mokierte sich manchmal über Deli, weil sie sich jahrelang mit den Eltern gestritten und immer wieder nach deren Herkunft gefragt hatte. Deli kann nicht erwachsen werden, sagte er, und jetzt lässt sie sich von Fau ausnützen, er duldet im Haus keine fremden Helfer. Mir hatte Deli einmal gesagt, sie frage sich, mit welchen Erinnerungen sie nach dem Tod der Eltern leben könne. Sie kümmere sich um die alten Eltern, damit sie sich zukünftigen Kummer erspare, hatte sie gesagt. Vor einiger Zeit kam ein Brief von ihr. Liebe Gitti, schreibt Deli.

Liebe Gitti, wenn ich zwei Brüder hätte, würde ich oft mit ihnen sprechen. Sie würden mich anrufen, und ich würde meine Brüder anrufen. Jede Woche würden wir telefonieren.

Was soll diese blöde Fiktion? Wenn ich zwei Brüder hätte? Deli hat einen Bruder. Warum schickt sie diesen Brief nicht an Matti? Deli lässt sich zwei Seiten lang darüber aus, was sie alles mit ihren Brüdern täte, wenn sie zwei hätte, und zum Schluss schreibt sie, Du, liebe Gitti, bist die einzige, die das versteht, deshalb schreibe ich Dir. Nimms mir nicht übel, Deine Deli.

Nimms mir nicht übel, das hat noch gefehlt! Ich mag Deli ganz gern, irgendwie tut sie mir leid, aber ich habe es satt, den Installateur dieser Familie zu spielen. Nichts interessiert Deli so sehr, wie die Herkunft ihrer Eltern. Fau gab stets ausweichende oder keine Antworten auf diese Fragen. Fast fünfzig war Deli, als sie den Namen ihres väterlichen Großvaters erfuhr.

Mit Jad war es anders. Sie erzählte oft ihre Fluchtgeschichte. Deli hörte ihr jedes Mal so genau zu, als höre sie die Geschichte zum ersten Mal; sie warf Fragen ein, die Jad, oft zu Delis Erstaunen, beantwortete. In diesen Momenten lebte Jad ganz in ihrer Erinnerung, vergaß zu schweigen. Um mehr über Jads Familie zu erfahren, fuhr Deli sogar manchmal zu Frantzek, Jads Schwester, die in Mecklenburg lebte. Ich fand Delis Suche interessant, ich wollte unseren Mädchen einen Stammbaum zeichnen.

Matti fragte seine Eltern nie nach ihren Geschichten, und er machte sich lange Zeit über Delis hartnäckiges Fragen und über ihre Suche lustig, als habe er mit der Geschichte seiner Familie nichts zu tun. In seinen erfolgreichen Berufsjahren tat er so, als habe er sich von seiner Herkunftsfamilie vollkommen abgelöst, man hätte glauben können, er habe Eltern nie gehabt. Er schien auch sein nächtliches Reden über seine Kinderjahre vergessen zu haben, das er am Beginn unseres gemeinsamen Lebens gebraucht hatte. Erst aus seinem Brief, der vor kurzem kam, verstand ich, dass ihn die Familiengeschichte eingeholt hat, die gleiche Krankheit, die Deli hindert, unbeschwert zu leben. Mich haben sie mit ihrer Familienkrankheit, mit diesem Familienwahnsinn angesteckt. Rede ich nicht schon die ganze Zeit über Abwesende? Rede ich nicht schon eine Stunde über Röhricht und seine wahnwitzige Familie? Ich will mit dieser Familie nichts mehr zu tun haben.

Wo bin ich stehengeblieben? Ach ja, Röhrichts letzter Brief. Vielleicht ist er gar nicht so wichtig. Es ist kein Brief an mich. Nur diese Kopie, kommentarlos. Röhricht hat seinem Vater geschrieben. Viel zu spät. Der Vater ist in seinen Gewohnheiten erstarrt. Selbst wenn er wollte, könnte er auf Röhrichts Fragen nicht mehr eingehen, er ist zu alt.

Lieber Vater, schreibt Röhricht. Lieber Vater, Dich so zu nennen fällt mir schwer, ich schriebe lieber: Sehr geehrter Herr Vater.

Ach, ich will gar nicht weiterlesen, 16 Seiten. 16 getippte Seiten für den alten Vater. Doch, eine Stelle lese ich vor, sie betrifft mich.

Als ich das erste Mal mit Gitti in euer Haus kam, hast Du Dich herabgelassen, Gitti ihre Sünden zu vergeben. Wer bist Du denn, dass du glaubst, andere von ihren Sünden freisprechen zu können? Bist Du nicht selbst, in Deinen Worten gesprochen, ein Sünder? Hältst Du Dich für den Stellvertreter Gottes auf Erden? Hältst Du Dich für einen, der den Willen Gottes – sofern es einen Gott geben sollte – kennt? Glaubst Du, Deine Vorstellungen von Recht und Unrecht seien die Maßstäbe Gottes? Kennst Du nicht das Wort: Gott aber sieht das Herz? Und wie hättest Du Gittis Herz sehen können? An jenem Tag, als Du Gitti gnadenhalber ihre Sünden vergeben hast, sahst Du sie zum ersten Mal. Wenn wir schon von Sünden reden, bin ich es, der eine Sünde begangen hat, die meine Seele bis heute beschwert. Ich habe mich Dir damals nicht widersetzt! Nicht einmal gewehrt habe ich mich gegen Deine Vermessenheit. Ich habe Gitti nicht vor Dir geschützt, ich habe Gitti Deinem religiösen Wahn ausgeliefert, sie nicht verteidigt. Ich habe geschwiegen. Ich habe vor dem Altar den Kopf vor Dir gebeugt und habe mir meine Frau von Dir rechtmäßig geben lassen. Rechtmäßig, das war Dir wichtig. Nicht das Recht der Menschen, dagegen hast Du freizügig verstoßen, das angebliche Gottesgesetz galt. Dass ich nicht aufbegehrt habe gegen Dich, dass ich meine Frau nicht verteidigt habe gegen Dich, das ist meine Sünde.

Ich muss zugeben, mir tat es gut, dass Röhricht seinem Vater endlich die Meinung sagt. Kein Mensch wusste, was in dem Pfarrhaus los ist. Röhricht erzählte nicht einmal seinem Freund, wie seine Eltern uns behandelten. Doch es ist zu spät. Zu spät für den Vater, zu spät für Röhricht, zu spät für mich. Einen Absatz aus Röhrichts Brief muss ich noch vorlesen:

Vor kurzem hat mich jemand gefragt, was mir einfiele, wenn ich an meine Mutter denke. Ich denke selten an meine Mutter. Zu meiner Mutter fällt mir eigentlich nichts ein. Das einzige, was mir einfällt, wenn ich an meine Mutter denke, ist die Reitpeitsche. Du kennst diese Peitsche gut, auch wenn Du stets geleugnet hast, es habe sie gegeben. Eine Gerte ists eigentlich. Hellbraun, fein geflochten. Deine Frau benützte sie, als sie die Pferde antrieb, auf der Flucht aus Polen.

Dieser Absatz in Röhrichts Brief beschäftigt mich. Ich kenne die Gerte. Sie liegt irgendwo hier in unserem Haus. Sie ist tatsächlich hellbraun und fein geflochten. Röhricht hat sie aus dem Haus seiner Eltern mitgehen lassen. Was willst du damit, fragte ich ihn. Das ist mein wichtigstes Beweisstück, erwidert Röhricht. Du bist verrückt, sage ich, was willst du beweisen und wem? Das verstehst du nicht, erwidert er. Sobald Röhricht mir sagt, das verstehst du nicht, droht ein Monolog. Ich täusche mich nicht:

Ihr habt keine Ahnung von evangelisch-freikirchlichen Pfarrhäusern. Hätten katholische Priester Frau und Kinder, sagt ihr, wäre ein Fortschritt erreicht. Jedem dieser liberalen Katholiken wünsche ich wenigstens ein Kindheitsjahr in einem freikirchlichen Pfarrhaus. Und nicht nur ein Kindheitsjahr, auch ein Jugendjahr, ein Erwachsenenjahr. An wen können sich Pastorenkinder wenden, wenn ihnen zuhause das geschieht, was den Zöglingen in katholischen Internaten widerfährt; wer würde den Kindern der Pastoren Glauben schenken, wenn das Kinderwort gegen das Vaterwort steht? Die Väter, kostümiert als Priester, Mullahs, Rabbis, Pastoren, hebt ihr auf einen Sockel, ihr haltet sie als Vorbilder: Danke Herr Pastor, bitte Herr Pfarrer um Vergebung der Sünden. Ihr buckelt vor den Gottesmaklern, sie sind euch wichtiger als deren Kinder, wichtiger als Gott. Wenn ihr auf eure Vermittler schon nicht verzichten könnt, dann verpflichtet wenigstens die Priester, Mullahs, Rabbis und Pastoren zur Kinderlosigkeit.

Röhricht, sage ich, ist dir eigentlich klar, dass es dich nicht gäbe, hätte dein Vater im Zölibat gelebt? Nie gewesen sein, erwidert er, was gibt es Schöneres? Hör doch auf mit diesem Unsinn, rufe ich, das ist denkunmöglich. Denkunmöglich? fragt er. Du kennst die Bibel nicht. Das Buch Kohelet, nie gehört? Windhauch, alles Windhauch und Luftgespinst. Am glücklichsten preist Kohelet den, der noch nicht ins Dasein getreten ist. Hör mir auf mit deinem Kohelet, sage ich. Warum erzählst du das mir? Sag es doch deinem Vater.

Ich hab mich in einen Wirbel geredet. Das wollte ich alles nicht erzählen, diese ganze Pfarrhausgeschichte interessiert mich nicht mehr. Was mich an Röhrichts Brief beunruhigt, ist etwas anderes. Er schreibt, vor kurzem habe ihn jemand gefragt, was ihm einfiele, wenn er an seine Mutter denke.

Ich frage mich, wo befindet sich Röhricht? Lebt er denn noch im Westen? Wer fragt Röhricht am Atlantik nach Erinnerungen an seine Mutter? Lebt Röhricht nicht mehr allein? Über sich sprach Röhricht nur mit mir. Mir allein hat er seine Geschichten anvertraut. Und jetzt soll ihn am Atlantik jemand fragen, was ihm einfällt, wenn er an seine Mutter denkt? Ob denn Röhricht mit einer anderen?

Röhricht tat mir leid, doch ich antwortete ihm erst, als er mir kurze Zeit später neuerlich eine Kopie schickte. Sein Vater hatte auf den 16-Seiten-Brief geantwortet. Mit einer Ansichtskarte. Röhrichts Vater schrieb, er wolle mit dieser leidigen Angelegenheit nicht weiter belästigt werden. Er müsse sich auf seinen letzten Weg vorbereiten.

Diese Antwort bringt Röhricht um den Verstand, dachte ich, als ich die zwei Zeilen las, die sein Vater ihm gönnte. Ich schickte Matti sofort eine eMail. Ich wolle ihn treffen, schrieb ich, mit ihm reden. Ich erhielt keine Antwort. Wenn die Mädchen nach Röhricht fragen, sage ich, ja, er hat wieder geschrieben. Es geht ihm gut.

ADELE

Als Jad vergesslich wurde, fuhr ich öfters zu ihr. Regelmäßig wurden meine Besuche, als sie kaum noch das Bett verließ und vergessen hatte, dass sie verheiratet ist. Sie erinnerte sich auch nicht mehr an die Orte, zehn Orte in drei Ländern, wo sie ihr Leben verbracht hat.

Ich sitze auf Jads Bettkante. Ihre Hand liegt in meiner. Ihr Blick schweift durch den Raum, sie betrachtet die Kästen, die Bilder an den Wänden, die Vorhänge, den Tisch. Sie schaut lange still. Mit einem Ruck richtet sie sich auf. Sitzt aufrecht in ihrem Bett, packt mein Handgelenk und umklammert mit der anderen Hand meinen Arm. Was sind das für Schränke? fragt sie. Sie sind schön. Wem gehören sie? Was sind das für Bilder? Wem gehört dieser Tisch? Was ist das für ein Zimmer? Wo sind wir hier? Sag mir, sag, was ist mit mir? Ist etwas nicht richtig mit meinem Kopf? Sag es mir! Mamo, das ist dein Schlafzimmer. Die Schränke, die Bilder, der Tisch, das gehört dir. Mir? ruft Jad. Das soll mir gehören? Ja Mamo, wir sind in deiner Wohnung. Das ist meine Wohnung? fragt sie und zieht jedes Wort lang.

Mir wird bang, als greife jemand im Dunklen meine Hand und ich weiß nicht, wer es ist. Jads Naht an die Welt geht auf, Jad gerät in die Leere, fällt aus der Person, die sie gewesen ist, gleitet in eine Hülse, die sich um sie schließt. Jads Hand löst sich von meinem Arm, ihr Körper sinkt zurück, Tränen laufen über ihr Gesicht. Ich sehe die wulstigen Adern auf ihrer schmalen Hand, will über die Hand streichen, sie schiebt meine Finger weg, als wüsste sie, dass ihr niemand mehr zu sich zurück helfen kann. Ihr Körper wird noch eine

Weile da sein, ihr Sinn ist haltlos geworden wie ferner Donner.

Am nächsten Tag fahre ich unruhig nach Hause. Ich lasse Jad allein mit ihrem Mann. Etwas Fremdes hetzt mich, hält mich in Unruhe, bis ich am nächsten Samstag wieder an Jads Bett sitze. Sie ist guter Laune und scheint vergessen zu haben, was sie vergessen hat. Sie sagt Sie zu mir und weiß nicht, dass ich ihre Tochter bin. Mich erheitert die ungewohnte Anrede, und ich sage weiterhin Du. Sie stört das nicht. Sie sagt: Heute ist ein ganz besonderer Tag, nicht zu heiß, nicht zu kalt, sanfter Wind, der Himmel ist blau und das Licht ist so klar, solche Tage sind selten. Und zum ersten Mal höre ich, sie habe als Kind einen Hund gehabt, der Chrapek hieß. Chrapek? Ja, lacht sie, das ist der Schnarcher. Und im Garten, da stand ein alter Apfelbaum, in dem ist sie gesessen mit Tata, ihrem Vater Anton. Ich mache Fotos von ihr. Als ich gehe, sagt sie zu mir Du: Du bist ein gesegneter Mensch. Wen sie in diesem Moment wohl zu segnen glaubt?

Am nächsten Wochenende bringe ich ihr die Fotos mit. Jad schaut sie eine Weile an. Was haben Sie denn für eine Kamera? fragt sie. Eine Nikon. Kenn ich nicht, erwidert sie. Eine ganz gute Kamera, sage ich. Sie wiegt langsam den Kopf und sagt: Ich verstehe nicht, wie man mit einer guten Kamera derart schlechte Fotos machen kann. Das sind die schlechtesten Fotos, die ich in meinem Leben gesehen habe. Wirklich die allerschlechtesten Fotos, mit einer guten Kamera, so miserable Fotos, nein. Sie betrachtet die Fotos wieder und wieder. Wer ist denn die Frau auf diesen Fotos, fragt sie. Mamo, das bist doch du. Jetzt hört sich aber alles auf, sagt sie. Das soll ich sein? Das ist ja gar nicht möglich, wo hätten Sie mich denn fotografieren können? Ich lache, stecke die Fotos ein, auf denen mir die alte Jad gut getroffen scheint, und sie lacht mit. Unser MutterTochterLeben lang haben wir nicht so viel miteinander gelacht wie jetzt, wo sie nicht mehr weiß, dass ich ihre Tochter bin. Stehe ich von der Bettkante auf und gehe zum Fenster, liegt sie eine Weile mit geschlossenen Augen, dann fragt sie in die Stille: Adele, sind Sie da? Ja, sage ich, ich bin da. Und nach einer Zeit kommt vom Bett wieder die Frage: Sind Sie da? Ja, sage ich. Sie atmet ruhig. Seit sie nicht weiß, dass ich ihre Tochter bin, kann ich ihre Hand halten. Jad braucht keine Reitgerte. Sie hat vergessen, dass sie mich formen wollte. Ich könnte unter einem Dach mit ihr leben.

Ich helfe ihr beim Ausziehen, beim Waschen, und sie beginnt zu singen, wenn ich sie eincreme. Abends singe ich ihr zum Einschlafen die Lieder, die sie vor langem für mich gesungen hat. Mit Röslein bedacht, mit Näglein besteckt. Morgen früh, wenn Gott will. Oft will sie ein bestimmtes Lied hören. So nimm denn meine Hände. Ich bin eine schlechte Sängerin, Jad sagt nicht, sei still, du kannst nicht singen, sie lächelt nur, wenn meine Stimme verrutscht. Großer Gott wir loben dich, das will sie oft gesungen haben und mitsingen. Die Lieder vergisst Jad nicht.

Am Morgen hat sie täglich denselben Wunsch. Ich habe eine gute Idee, beginnt sie. Sie helfen mir jetzt schnell beim Anziehen und dann bringen Sie mich zur Straßenbahn. Ist hier eine Haltestelle in der Nähe? Ja, sage ich, unten an der Straße fährt der Bus ab, wo willst du denn hin? Ich muss nach Hause zu Mama, sie erwartet mich. Frage ich ungelenk zurück, scheint sie für einen Moment in eine andere Zeit zu fallen. Ist

Mama – ? fragt sie und setzt vor das Fragezeichen eine Pause. Das Wort tot spricht sie nicht, sie wird still. An solchen Morgen dauert es lange, bis sie frühstückt. Antworten, die sie nicht kränken, erlerne ich erst mit der Zeit.

Das Hätscheln genießt sie und wird unwirsch, wenn ich sie zu lange allein lasse, um zu kochen und aufzuräumen. Lassen Sie die Küche doch verludern! Früher war Jad eine penible Hausfrau. Hatte ich die Wäsche nicht in der bestimmten Ordnung aufgehängt, nahm Jad die nasse Wäsche wieder ab. Unterhose muss neben Unterhose, Geschirrtuch neben Geschirrtuch. Wenn die Wäsche abgenommen ist, nimmst du die Schnur ab, sie wird im Regen brüchig. Siehst du, so geht das! Nun sagt Jad, lassen Sie die Küche verludern, die ist nicht wichtig.

Was ist wichtig? Dass Sie bei mir sitzen. Erzählen Sie mir was, sagt sie. Und ich lese vor: Ich danke Gott und freue mich wie's Kind zur Weihnachtsgabe, daß ich bin, bin! Und daß ich dich, schön menschlich Antlitz, habe. Jad strahlt, als habe sie die Zeilen noch nie gehört: Ach ist das schön, lesen Sie noch einmal. Oder sie greift nach dem Buch, liest mir vor oder vertieft sich in die Strophen.

10 Uhr 8 Minuten. Ich bin allein. 10 Uhr 19. Ich allein. Ich schreib so lange in dieses Heft, bis jemand kommt. Woher hab ich nur dieses Heft? 10 Uhr 32. Allein. 10 Uhr 45. Hier bin ich allein. 10 Uhr 52. Meine Leute wissen wahrscheinlich gar nicht, dass ich hier bin. 10 Uhr 58. Ich bin ganz allein. Die ImWeißenKittel war heute noch nicht da. Hier ist niemand. 11 Uhr. Oh der Kopf, der Kopf. Sie haben mich vergessen. 11 Uhr 9. Keiner kommt. Wo bin ich? Wem gehört dieses Zimmer? 11 Uhr 17. Ich habe Angst. 11 Uhr 21. Die Zeit vergeht nicht. 11 Uhr 35. Ich bin hier ganz allein. Was mach ich, wenn ich aufs Klo gehen muss? Gibts hier überhaupt ein Klo? 11 Uhr 43. Warum rufen meine Leute nicht an? Warum kommt Mama nicht? Mama hab ich schon so lange nicht gesehen. 11 Uhr 49. Ich bin allein. Das kann ich wenigstens lesen. Meine Schrift ist so schlecht geworden, ich kann mich kaum noch lesen. 11 Uhr 55, das ist fünf vor zwölf und keiner da.

Hallo, Mamo, wie gehts dir? Heute bring ich dich nach Hause. Warum liegst du noch im Bett? Dein Heft ist heruntergefallen. Was schreibst du denn?

Wer sind Sie?

Mamo, ich bins, Adele.

Adele? Meine Tochter heißt Adele.

Mamo, schau mich doch an, ich bin deine Tochter.

Sie wollen meine Tochter sein? Da kann ich nur lachen.

Mamo, ich bin Deli, dein Kind.

Meine Tochter hat auch Deli geheißen, sie lebt in Amerika.

Mamo, komm, steh auf, ich helf dir beim Anziehen. War denn die Schwester noch nicht da?

Meine Schwester besucht mich überhaupt nicht mehr. Ich weiß nicht, was los ist. Nicht einmal Mama hat angerufen. Ich glaube, meine Leute wissen gar nicht, dass ich hier bin.

Mamo, dein Nachthemd ist schon wieder fleckig. Die Pflegerin hier vom Heim, war die heute noch nicht bei dir?

Welches Heim?

Dieses Pflegeheim, in dem du seit drei Wochen lebst.

Hier lebe ich? Drei Wochen? Ich bin doch ganz allein.

Jetzt packen wir deine Sachen zusammen, und ich bring dich nach Hause.

Au, Sie tun mir ja weh. Greifen Sie mich nicht so grob an.

Entschuldige Mamo, du bist dünn geworden. Warum weinst du?

Ich weine ja nicht. Ich hab solche Angst, weil ich das Pipi nicht halten kann. Es ist alles daneben gegangen. Der Mensch ist ein Ferkel. Pipi, Blut, Schleim und wieder Pipi.

Das macht nichts. Du hast eine Windel.

Was erlauben Sie sich? Ich habe keine Windel.

Mamo, das macht doch nichts, ich geh mit dir ins Bad.

Und ob das was macht. Ich bin hier zu Gast. Wenn ich mich nicht anständig benehme, darf ich hier nie wieder durch das Tor. Wenn das aufkommt, die werden mich nie wieder zulassen.

Mamo, heut fahren wir ohnehin nach Hause.

Oh je, wenn der Fau das erfährt, wie ich mich hier benommen habe.

Fau erfährt davon nichts.

Sie kennen Fau nicht.

Ach Mamo, ich kenne Fau. Er ist mein Vater, und er ist dein Mann.

Der Fau macht mir Angst.

Mir auch.

Der Fau, mein Mann? Oh je, was Sie für Geschichten erzählen. Dann bin ich die Magdalena.

Die Magdalena war deine Mutter. Und du bist meine Mutter, die Jad.

Ich bin die Jad? Und wo ist die Magdalena? Ich will zur Magdalena. Bringen Sie mich doch bitte gleich zur Magdalena, das ist nämlich meine Mama. Sie erwartet mich.

Schau, hier ist das Foto von Magdalena, ich leg es mit den anderen Fotos in deine Handtasche.

Wo haben Sie diese Fotos her?

Die habe ich dir mitgegeben, als du hierher gekommen bist. Wir haben sie zusammen auf dieses Nachtkastl gestellt.

Sie lügen. Das sind meine Fotos. Sie haben mich bestohlen, eine wehrlose Frau bestohlen. Das werd ich der Mama sagen. Wo ist der Fau jetzt?

Im Spital. Deswegen bist du hier im Heim, du konntest nicht allein zuhause bleiben. Komm, ich geh mit dir ins Bad. Dann pack ich deinen Koffer und wir fahren nach Hause.

Ja, nach Hause. Die Mama wartet auf mich.

Wo wartet deine Mama auf dich?

Was für eine Frage! In Lodz natürlich.

Du sagst Lodz, nicht Wudsch?

Sprechen Sie Polnisch?

Nein, du sprichst Polnisch. Trotzdem sprichst du Lodz aus wie die Deutschen.

Sind denn hier Deutsche?

Wir sind in Österreich, die Österreicher sprechen Deutsch.

Die Österreicher haben noch nie Deutsch können.

Im Deutschen sagt man Lodsch, nicht Wudsch. Wie schreibt man Wudsch? Schreibs mir in dein Heft, Mamo.

Also ich schreib das L mit dem Strich, das klingt wie U mit ein bisschen W drin. Dann das O mit dem Strichlein oben, Kreseczka sagen wir oder Kreska, dieses Strichlein-O klingt wieder wie U, dann ein ganz normales D, und das Z hat wieder ein Strichlein, so: Łódź.

Schau, da kommt die Pflegerin.

Grüß Gott, Schwester Agnes.

Grüß Gott, Frau Röhricht. Schade, dass Sie uns schon wieder verlassen.

Ach, mein Schätzchen, ich geb dir ein Bussi, ich hab dich so lieb. Diese Dame ist gekommen. Sie will mich heute nach Hause bringen. Du bist so ein Schatz, komm mich doch einmal besuchen.

Warum haben Sie meiner Mutter kein frisches Nachthemd angezogen?

Nur kein Krieg. Mein Schätzchen, hör nicht auf diese Dame. Ich kenne sie gar nicht. Sie behauptet, meine Tochter zu sein. Die würde ich ja kennen. Meine Tochter lebt in Amerika.

Würden Sie Ihre Mutter bitte ins Bad bringen, wir haben einen Notfall, ich muss mich verabschieden.

Auf Wiedersehen Frau Röhricht.

Mamo, komm, ich helf dir ins Bad.

Warum sind Sie so stur?

Ich bin nicht stur. Du hast eine nasse Windel und musst dich waschen, bevor wir nach Hause fahren.

Nach Hause? Wo ist das?

In Laufen.

Ich kann doch nicht gut laufen.

Wir fahren von hier nur eine halbe Stunde mit dem Auto zu eurer Wohnung, je nachdem wie viel Verkehr ist. Der Ort heißt Laufen; am Fluss, an der Grenze.

An der Grenze?

Laufen liegt auf der deutschen Seite. Du wohnst mit Fau in Laufen. Er ist derzeit nicht zuhause. Ich bleib bei dir, bis Fau dich wieder pflegen kann.

Fau mich pflegen? Wer ist überhaupt dieser Fau?

Fau ist dein Mann.

Mein Mann? Ich muss aber nicht mit ihm in einem Bett schlafen, wenn ich nach Hause komme? Das können Sie nicht verlangen von mir, dass ich mich zu einem wildfremden Mann ins Bett lege.

Was singst du da, Mamo?

Ist doch ein ganz bekanntes Lied. Was müssen das für Bäume sein Wo die groooßen Ee le fan ten spazieren gehen Ohne sich zu stoooooßen. Singen wir gemeinsam. Was müssen das für Bäume sein Wo die groooßen … Ich hab so geträumt von einer Person, die ich lange kenne, die mir nah ist. Das Gefühl war ganz stark, die Sehnsucht, und ich weiß jetzt nicht, wohin damit.

Von wem hast du geträumt, Mamo?

Ich weiß doch nicht, aber die Sehnsucht ist so stark. Wie soll ich meine Seele halten? Wie soll ich sie halten, dass sie nicht? Ich weiß nicht weiter. Diese Zeile geht mir schon den ganzen Vormittag durch den Kopf. Der Kopf, der Kopf.

Ich weiß auch nicht, wie es weitergeht.

Sie kennen keine Lieder, keine Gedichte. Sind Sie schlecht erzogen?

Vielleicht, Mamo.

Haben Sie Erfahrung mit wachen Leuten in der Nacht? Treffen Sie auch nachts manchmal Leute, die wach sind? Haben Sie Gespräche?

Du meinst, im Traum?

Nein, wirklich. Ich treffe jetzt immer wieder nachts Leute. Wir sind wach. Wir haben gute Gespräche. Weiß denn meine Mama überhaupt, dass ich hier bin? Ich sehne mich nach unserem Garten. Wir haben schöne alte Obstbäume. Im Sommer setzt sich Tata mit mir auf den Apfelbaum und singt mir Lieder vor. Ich möchte zuhause anrufen, damit sie wissen, wo ich bin. Wie lange wohne ich eigentlich schon in Laufen?

Seit Fau in Pension ist.

Und wo habe ich vorher gewohnt?

In Norddeutschland. Und vorher in Österreich.

Ich kenne mich nicht aus.

Du bist von Polen nach Bad Ischl geflüchtet und hast später in Graz gelebt. Dann bist du nach Süddeutschland übersiedelt, von dort nach Linz, später bist du nach Norddeutschland übersiedelt. Seit Fau in Pension ist, lebt ihr in Bayern, in Laufen.

Wer ist geflüchtet?

Du und Magdalena.

Ich kenne mich nicht aus. Ich komm mir vor wie eine Kanonenkugel, die einer ohne Ziel abgeschossen hat. Bitte geben Sie mir Ihre Hand. Gehen Sie nicht weg. Sie sind meine Brücke.

Wohin führt die Brücke?

Über den Fluss und in die Vergangenheit.

Mamutschki, ich hab was Gutes gekocht, gehen wir.

Ich möchte mich nicht lange bei Ihnen aufhalten, denn meine Mama erwartet mich. Sie können mich nach Hause begleiten. Ich werde ein Fest geben. Wir stellen die Tische im Garten auf, eine lange Tafel. Ich lege Damast auf. Ich werde alle einladen.

Wer sind alle?

Mama und Tata sind ohnehin da, meine Schwester auch.

Frantzek?

Woher kennen Sie den Namen meiner Schwester?

Mamo, ich kenne doch Frantzek, sie lebt in Mecklenburg.

Ja, Frantzek ist meine Schwester. Sie wird da sein. Oma Józefa wird kommen und Opa Juliusz, und Babka natürlich.

Auch Babka?

Babka kennen Sie?

Babka war deine Großmama.

Ja, sie wohnt ganz in der Nähe. Leon kommt auch, mit Andrzej. Ich werde überhaupt alle Cousins und Cousinen einladen, meine Onkel und die Tanten. Wir haben uns lange nicht gesehen. Ich lade alle ein. Kommen Sie doch.

Am dritten Februar betrete ich in der Früh Jads Zimmer. Die Tür zum Garten steht weit offen, der Vorhang ist zur Seite geschoben. In der Türöffnung steht Fau und schaut in den Himmel.

Ich habe aufgemacht, sagt er, damit der Geruch, und Fau beendet den Satz nicht. Wir geben uns nicht die Hand, als wäre ich gerade aus dem oberen Stock herunter in Jads Zimmer gekommen und nicht vom Bahnhof, aus der Winterluft. Ich habe Blumen für Jad mitgebracht. Sie liegt angekleidet auf dem Bett, die Hände sind gefaltet. Ich löse die Handballen voneinander und schiebe die Blumenstiele dazwischen, mit den Knospen und Blüten zu Jads Gesicht. Sie lächelt.

Sie mochte Blumen. In den letzten Jahren fotografierte sie nur noch Blumen. In den Filmdöschen sammelte sie Akeleisamen, auch Ringelblumen, Klatschmohn, Kapuzinerkresse, Malven. Das Lächeln ist in Jads Gesicht, kein Hauch mehr, nur dieses Lächeln, das stehen bleibt, ohne sich zu verändern, ein Zustand. Noch vor einer Woche waren diese Wangen, die Stirn und das Kinn furchig. Jetzt ist die Haut glatt, das Gesicht jung. Wann? Über Nacht, sagt Fau.

Jads Haar ist L'Oréalbraun wie je; frisch gekämmt, einige Strähnen sind in Locken gelegt, Ton Kastanie, einmal soll dieses Haar fast schwarz gewesen sein. Als Jad 25 war, hat der Typhus ihr Haar weiß gemacht, schlohweiß, über Nacht, sagte sie. Seither hat sie es gefärbt oder färben lassen, sobald Weißes nachwuchs. Ich weiß nicht, womit kurz nach dem Krieg Frauen das Haar gefärbt haben. Galläpfel, Walnusslaub?

Jad sagt nichts mehr, sie atmet nicht. Vor einiger Zeit schon begann sie zu vergessen, dass ich ihre Tochter bin, in Erinnerung blieben ihr Friseure. Wie eine Hexe schau ich aus, sagte sie vor dem Spiegel und bat, sie noch am selben Tag zum Friseur zu bringen. Beim Friseur wurde sie ohnmächtig, weil sie die Dauerwellendämpfe nicht vertrug. Ich habe ihr dann einmal in der Woche die Haare eingedreht. Für die Dauerwelle und zum Färben kam der Friseur ins Haus. Sie ertrug die Behandlung bei geöffnetem Fenster ohne zu seufzen. Wenn der Friseur die Wickler löste, zu frisieren begann und schließlich toupierte, kamen Zufriedenheit und eine Art Triumph in ihr Gesicht. Sie ließ sich den Spiegel reichen, tupfte mit der anderen Hand ihren Hinterkopf und sagte: Jetzt schaut man doch wieder aus wie ein Mensch.

Jad sagt nichts mehr. Sie liegt auf dem Bett, atmet nicht. Könntest Du die Tür, bitte ich Fau, weil mir kalt ist, obwohl ich den Mantel noch anhabe. Fau lehnt die Tür nur an, der Geruch, sagt er. Welchen Geruch meint er? Eher fehlt mir in dem kalten Zimmer ein Geruch, Jads Geruch, auch wenn ich nicht sagen kann, wie der war. Nichts geht von ihr aus, kein Duft und nichts Übles. Es heißt, Leichen röchen. Doch diese letzte unserer Äußerungen beginnt wohl erst später, nicht schon nach vier Stunden. Die Agonie habe am Vorabend begonnen. Warum mich Fau nicht anrief, ich hätte den Nachtzug genommen? Fau sagt: Diese Nacht wollte ich mit ihr allein. Wir sparen Worte. Nicht viel sprechen in Jads Stille.

Ich nehme vom Fensterbrett die dicke Kerze. Seit ein Gast sie vor langem ins Haus brachte, steht sie in Zellophan verpackt. Es raschelt zu laut, als ich sie auspacke. Sie ist mit Wachs beschriftet, VaterUnser in Fraktur. Mindestens 36 Stunden Brenndauer garantiert. Möge Jad mindestens noch 36 Stunden auf dem Bett liegen, dann wäre meine Müdigkeit tiefer als alles. Ich frage Fau nicht, ob ich die Kerze anzünden darf, der Schein flackert in der Zugluft zwischen Garten- und Zimmertür. Fau wendet gegen das Licht nichts ein, geht aus dem Zimmer.

Jads Leben zugeklappt. Fort die Gesten. Ich stehe vor Jads Bett, schaue sie an. Ist ja noch sie, die da liegt. Ist das noch sie? Unvertraute Sehnsucht, wo die jetzt behausen? Da ist noch das Lächeln. Manchmal werde ich ihr Lied hören, Was müssen das für Bäume sein, wo die groooßen …

Fünf Leben hatte Jad. Die erste Jad war katholische Polin mit zwei Muttersprachen in Polen. Die zweite Jad war katholische Deutsche im Nazireichsgau Wartheland, die sich hütete, auf der Straße polnisch zu sprechen. Die dritte Jad war Flüchtling ohne Staat. Die vierte Jad war Frau Pastor und sprach mit mir nur Deutsch. Die fünfte Jad hat ihre ersten vier Leben vergessen. Aber ihr Hund Chrapek, der Apfelgarten, Tata und Mama sind eingezogen in ihr fünftes Leben. Fünf Jads gehen hintereinander her. Die erste wirft der fünften ein Seil zu. Komm herüber.

Fau kommt ins Zimmer zurück, hinter ihm in Mänteln Matti und Gitti. Meine Arme liegen einen Moment um Mattis Schultern, Wangenküsse tauschen mit Gitti, kaum Worte. Gitti bleibt in Mattis Nähe bei den Kästen stehen, Fau geht zur Terrassentür, schaut in den Himmel, ich stehe wieder am Bett. Keine Worte.

Fau wendet den Oberkörper, hinkt auf das Bett zu – seit der letzten Operation hinkt er –, ich stelle mich neben Matti. Die Kerze flackert. Fau sagt: Unsere liebe Jad ist heimgegangen, lasst uns beten. Allein betet er das VaterUnser. Ja, sagt er dann im Ausatmen, ja, so geht das und hinkt aus dem Zimmer.

Matti geht an das Bett, schaut Jad eine Weile an. In Faus Abwesenheit nimmt Matti sein Handy und macht ein Foto von Jad. Ich nehme aus dem Nachtkästchen die Schere, schneide Jad eine Strähne ab und wickle sie mir um den Finger. Souvenirjäger.

Zwei Männer in schwarzen Anzügen, schwarze Krawatten über weißen Hemden, kommen ins Zimmer. Ich habe die Klingel nicht gehört. Wie sind sie hereingekommen? Wo ist Fau?

Die Männer kommen devot. Als ich aber sage, sie seien zu früh gekommen, bleiben sie, als hätten sie nichts gehört. Ich gehe nah an das Bett und tue, als stünden hinter mir nicht zwei Männer. 36 Stunden Brenndauer sind garantiert. Sie haben keinen Sarg mitgebracht. Und da steht ja noch das Lächeln um Jads Mund. So lange kein Sarg da ist, kann ich mir Zeit lassen – bis Einverständnis entsteht. Jede Zeugung ein Todesurteil. Jads Körper liegt schwer auf und war doch leicht geworden in diesen Monaten. Warum nennen die Bestatter ihre Firma Institut? Jad muss weg ohne Schuhe. Das Lächeln soll um den Mund stehen, bis ich einverstanden bin.

Noch ein Mann kommt ins Zimmer. Er trägt auch Dunkel, er ist Faus Pastorkollege, er wird beerdigen. Er äußert Beileid und geht mit Fau ins Nebenzimmer. Den Moment des Beileids – der Rücken des Pastorkollegen ist noch in der Türlaibung – nützen die zwei Männer vom Institut. Als ich mich zu Jad wende, liegt vor dem Bett ein blauer Plastiksack, ein Reißverschlusssack, lang wie für Schi. Die Zwei sprechen kein Wort, sie bringen mich und Matti und Gitti dazu, zur Seite zu weichen. Die Zwei haben dünne Plastikhandschuhe übergestreift. Sie nehmen Jad die Blumen weg, schnappen sich den Körper: Einer greift unter die Schultern, der andere nimmt die Beine, hochheben, heranziehen und über die Bettkante, hinunter, kopfwärts in den Sack. Ich schreie: Nein, nicht in den Sack. Auf den Knien zwänge ich mich zwischen die vier Beine, blauschwarzes Gerangel, ich erwische nur die Blumen, sie fallen in den Sack auf Jad, und schon schieben mich die Zwei weg, raus die Blumen aus dem Sack und Jads Beine tiefer hinein. Die Männer vom Institut raffen das Plastik, einer zieht den Reißverschluss zu. Fau ist mit dem Kollegen im Nebenzimmer. Die Institutsmänner packen den Sack oben und unten, oder ist das, schon im Vorzimmer, kopfhinten und fußvorn. Wir hinterher. Sie nehmen Jad weg. Wir verteidigen die Zeit des Leichnams nicht. Einer der Zwei klinkt die Haustür auf. Der Sack geht ins Freie. Aus der Birkenkrone schreit ein Vogel. Schreit. Der Sack ist schon bei dem Kastenwagen in der Einfahrt. Hecktür auf, Metallgitter heraus, den Sack drauf, Gitter retour, Tür zu. Fau steht neben mir.

Kein Tausch von Abschiedsworten mit den Männern vom Institut. Sie springen in die Fahrerkabine, einer startet den Wagen und fährt los, als flüchteten sie von einem Tatort. Als ich am dritten Februar Jads Zimmer zum zweiten Mal betrete, ist das Bett leer, auf dem Boden liegen verstreut ein paar Blumen. Die Kerze brennt nicht mehr. Ich will aufhören, Tochter zu sein.

MAGDALENA

Jad hinterlässt eine alte Pralinenschachtel. In der Schachtel sind Magdalenas Dokumente aufbewahrt. Magdalenas Geburt war 1900 in Lodz, das zu dieser Zeit zum russischen Zarenreich gehört. Als Magdalena sprechen lernt, lernt sie es Polnisch und Deutsch. 1914 bekommt Magdalena ihren ersten Pass. Sie bekommt ihn von den zaristischen Besatzern in Lodz, es ist ein russischer Pass mit kyrillischen Buchstaben. Magdalena hat die polnische und die deutsche Sprache und den russischen Pass. Seit 1815 sind alle Lodzer Untertanen des Zaren, wer sich gegen die zaristischen Besatzer auflehnt, geht nach Sibirien.

1918 wird Magdalena achtzehn Jahre alt, und Polen ist wiedergeboren. Lodz hat die Besatzer abgeschüttelt und Polnisch als Muttersprache zurückgewonnen, die Lodzer unterhalten sich Polnisch oder Jiddisch oder Deutsch. Alle Lodzerinnen verstehen etwas von den drei Sprachen und können sich mit allen anderen Lodzern unterhalten.

Lodz verzieht und verdreht Fasern zu Fäden. Lodz ist die Stadt der Tuchmacher, die Stadt der Gespinste. Władysław Reymonts Buch nennt Lodz Das gelobte Land. Magdalenas Vater Juliusz ist Weber. Er spricht Deutsch. Magdalenas Mutter Józefa spricht Polnisch. Magdalena spricht beides: Polnisch und Deutsch.

1920 heiratet Magdalena und kann auch mit ihrem Mann Anton alles Polnisch und Deutsch besprechen. Zur Hochzeit stellt die Republik Polen Magdalena einen polnischen Pass aus, mit lateinischen Buchstaben. Er wird Magdalenas einziger polnischer Pass bleiben.

Der Pass fragt Magdalena, ob sie lesen und schreiben könne. Ja, antwortet sie. Welche Sprachen sie beherrsche, fragt der Pass weiter, und Magdalena antwortet: Polnisch und Deutsch. Der polnische Pass ist gleichzeitig ein Meldedokument. Magdalenas Hochzeitsreise nach Masuren wird im Pass vermerkt mit Ankunfts- und Abreisedatum, und jede Adressänderung in Lodz hält der Pass fest.

1923 bringt Magdalena in der polnischen Stadt Lodz ihre erste Tochter Jad zur Welt. Jad ist ein polnischer Säugling, niemowlę – das nicht Sprechende – nennen die Polen ein so kleines Kind, und das Wort ist verwandt mit der polnischen Bezeichnung für Deutsche, niemiec. Jads Schwester Frantzek wird zwei Jahre später in Lodz geboren.

1928 fährt Anton im Frühjahr auf Kur und schreibt seiner Tochter Jad zum Geburtstag einen polnischen Brief. Im Herbst stirbt Anton an einer Entzündung in seinen Lungen. Nach seinem Tod träumt Magdalena, sie spaziere mit Anton durch die Lodzer Hauptstraße. Antons Flanke ist eine tief eingerissene Wunde. Die Leute, die ihnen entgegenkommen, bemerken die Wunde nicht. Nur Magdalena weiß von ihr. Damit die Wunde sich schließt, entwirft Magdalena im Traum für Anton Gewand um Gewand. Keines gelingt.

Niemand hat Anton alt werden sehen. Er geht in die Erinnerungen ein als eleganter, schlaksiger, polnischer Mann. Anton stirbt jung, posthum erst wird er ein polnischer Großvater werden. In Hinterbliebenen verstecken sich viele Worte, auch das Wort lieben.

Anton und Magdalena hatten mit Krediten ein Kindermodengeschäft gegründet. Die Kreditgeber trauen Magdalena nicht zu, das Geschäft nach Antons Tod allein weiterzuführen und stellen die Wechsel fällig. Magdalena muss das Geschäft aufgeben.

Magdalena näht gut und eröffnet in der Lodzer Hauptstraße eine Schneiderei. Magdalena kann nicht nur nähen, sie kann Kleider entwerfen und zuschneiden. Das spricht sich herum unter den Frauen der Lodzer Fabrikanten, und sie bestellen Magdalena zu sich, damit sie ihnen besondere Kleider zeichnet und zuschneidet, für die Bälle und Empfänge, zu denen die Frauen der Fabrikanten gerne gehen. Beim Nähen summt Magdalena eine alte Melodie, und manchmal singt sie dazu auch die französischen Worte: Plaisir d'amour ne dure qu'un moment, chagrin d'amour dure toute la vie.

Die Pralinenschachtel hat ein Foto aufbewahrt von Magdalenas Schönheit, die Schönheit blieb nach Antons Tod. Herren kommen in die Schneiderei, deuten zur Begrüßung einen Handkuss an, bewundern Magdalenas Entwürfe und bestellen kein Kleid. Magdalenas Nichtkäufliches zieht die Herren an, sie wollen plaudern. Magdalena heftet einen Saum, erwähnt den bewährten Herrenschneider gegenüber und bittet um Verständnis, die Arbeit rufe; ihre Tochter Jad geht bereits ins Gymnasium und das kostet Geld, das sie mit der Schneiderei verdienen muss. 1937 wird Magdalena zum dritten Mal schwanger. Der Mann ist ein Lodzer Diplomlandwirt, er könnte Polnisch mit Magdalena sprechen, aber er spricht Deutsch und heißt auch so. Herr Deutsch möchte Magdalena heiraten, sie möchte nicht. Bald muss sie ihren Töchtern sagen, dass sie ein Kind erwartet, heiraten werde sie nicht. 1938 bringt Magdalena ihre dritte Tochter zur Welt, stellt die Wiege in die Schneiderei. Herr Deutsch wird regelmäßiger

Gast bei Magdalena und ihren Töchtern und sagt, Jad sei alt genug, Geld zu verdienen, das Gymnasium sei zu teuer. Jad beginnt eine Lehre in der Bank.

Magdalena näht noch, als über ihrer Schneiderei in der Lodzer Hauptstraße die neuen Flaggen gehisst werden, tobende Laute drängen in die Schneiderei.

Das Zerreißen beginnt, schreibt Czesław Miłosz.

auf. los. auseinander. Organisieren: Zerdinsen, Zerbrüdern, Zertrëchen, Zerklieben, Zerstrîchen, Zerschrenzen. Abafarbrechan. Organisieren: Zerdrumen, Zergenzen, Zermürsen, Zerkrimmen, Zervlëcken, Zerniuwen. Abafarbrechan. Organisieren: Zerbrinnen, Zermilwen, Zermüln, Zerbiuten. Abafarbrechan.*

Die Aufträge der Fabrikantengattinnen werden seltener, Kundinnen, die Jiddisch sprechen, bleiben ganz aus, und die Männer, die nun in die Schneiderei kommen, sprechen nicht mehr Polnisch. Sie sagen, Magdalenas Lodz sei jetzt Deutsch und heiße Litzmannstadt. Sobald Magdalena wieder allein ist, schubst sie das Schwungrad der Nähmaschine an, tritt das Pedal und singt laut ihr französisches Lied.

Magdalena hat ihr Lied, ihre Töchter, sie hat Eltern und Brüder in Lodz, Nadeln und Zwirne, eine Wohnung, Stoffballen in Leinen, Crêpe de Chine, Baum-

---

* Althochdeutsche und mittelhochdeutsche Komposita: Zerdinsen hin- und herziehen / Zerbrüdern Brüder entzweien / Zertrëchen auseinanderziehen / Zerklieben spalten / Abafarbrechan abreißen, trennen / Zerstrîchen mit Ruten zerpeitschen / Zerschrenzen zerreißen / Zerdrumen zertrümmern / Zergenzen zerstückeln / Zermürsen zerquetschen / Zerkrimmen zerdrücken / Zervlëcken zerstückeln / Zerniuwen zerstampfen / Zerbrinnen verbrennen / Zermilwen zu Mehl machen / Zermüln zu Staub zerreiben / Zerbiuten Beute verteilen

wolle. An windigen Tagen tragen die Hakenkreuzflaggen von der Straße das Geräusch umschlagender Segel in die Schneiderei, der Flaggenstoff wirft unruhige Schatten auf Magdalenas Nähmaschine. Magdalena schließt die Schneiderei jetzt schon nachmittags, bevor es dunkel wird, lange vor der Sperrstunde – dieses Wort schreckt Magdalena, macht sie glauben, diese Stunde könnte sie einmal von Jad und Frantzek ganz absperren, von zuhause. Magdalena legt Stoffteile, die sie abends heften will, in einen Korb, nimmt das Kind auf den Arm, prüft an der Klinke, ob die Tür verschlossen ist und hastet die Hauptstraße hinunter. Wenn sie Uniformierte sieht, presst sie das Kind an sich, verlangsamt den Schritt. Mit jedem Nachmittag erscheint ihr der kurze Heimweg länger. In diesem Litzmannstadt kann sie nicht leben, als Witwe und ledige Mutter, sie heiratet Herrn Deutsch. Jad fehlt bei der Hochzeit, sie hat sich freiwillig zum Arbeitsdienst in einer anderen Stadt gemeldet.

Die Pralinenschachtel müsste jetzt einen neuen Pass hergeben, denn als Lodz im Jahr 1940 Litzmannstadt wird, kann Magdalena mit ihren beiden Pässen, dem russischen und dem polnischen, nichts mehr anfangen. In Litzmannstadt braucht jeder, braucht jede einen gültigen Ausweis. Herr Deutsch hat den Staatsangehörigkeitsausweis des Deutschen Reiches, mit dem Hakenkreuz im Lorbeerkranz.

Die Nationalsozialisten beginnen mit der Menscheneinteilung. Die jüdischen Lodzer und Lodzerinnen treiben sie an den nördlichen Stadtrand, sie sperren dieses Viertel mit Stacheldraht: das Ghetto Litzmannstadt. Die Eingeschlossenen dürfen nicht hinaus, und bald schon darf kein Besuch mehr hinein.

Die Nationalsozialisten lassen einen Waggon der Deutschen Reichsbahn in den Bahnhof Litzmannstadt rollen und machen aus dem Waggon ein Amt. In dem Waggon müssen sich die katholischen und protestantischen Lodzer und Lodzerinnen, die nicht ins Ghetto gesperrt werden, in Listen eintragen, die im Waggon Volkslisten heißen. Lodzer, die beweisen können, sie hätten sich schon früh aktiv zum Deutschtum bekannt, wie es heißt, erhalten den blauen Ausweis und kommen in die Volksliste 1.

Nur wenige Lodzer können beweisen, in der polnischen Zeit aktiv deutsch gewesen zu sein; wenn sie aber zumindest nachweisen können, dass sie sich ihr Deutschtum bewahrt haben, bekommen sie ebenfalls den blauen Ausweis, allerdings steht ihr Name in der Volksliste 2.

Die meisten Ausweise, die in dem Waggon ausgestellt werden, sind grün, grün für Volksliste 3. Grün für Lodzer, die deutschstämmig waren und Bindungen zum Polentum eingegangen sind; das Hakenkreuz soll die Grünen zum Deutschtum zurückführen. Der grüne Ausweis bedeutet eine deutsche Staatsangehörigkeit auf Widerruf. Den Grünen steht offen, sich zu bewähren, indem sie sich zum Beispiel zur Wehrmacht melden.

Magdalena hatte eine polnische Mutter und einen Vater, dessen Vorfahren ein Jahrhundert zuvor nach Lodz eingewandert waren. Bekam Magdalena den grünen Ausweis? Oder verhalf die Heirat mit Herrn Deutsch zum blauen Ausweis in die Volksliste 2?

Sicherlich hatte Magdalena nicht den roten Ausweis der Volksliste 4. Den roten Ausweis bekamen Leute, von denen es im Waggon hieß, sie wären völlig im Polentum aufgegangen und hätten sich deutschfeindlich betätigt. Für deutschfeindliche Betätigung hatte Magdalena keine Zeit gehabt, sie nähte.

Nach der Hochzeit wird Magdalenas dritte Tochter in die Ehe geschrieben und heißt Deutsch nach dem Vater. Im folgenden Jahr schließt Magdalena die Schneiderei und übersiedelt in eine Kleinstadt nördlich von Litzmannstadt. Für den Pferdewagen mit dem Hausrat eine Tagesreise, für das Auto eine Stunde Fahrt.

In der Kleinstadt hat Herr Deutsch eine Gärtnerei, nebenan steht sein Haus. In dieses Haus zieht Magdalena mit ihrer jüngsten Tochter und mit Frantzek. Herr Deutsch wohnt kaum ein Jahr mit ihnen. Dann zieht er die Wehrmachtsuniform an, poliert seine schwarzen Stiefel, verkündet, er sei Sonderführer, reist ab und kommt nur noch, wenn ihm sein Führer Urlaub gibt. Schmalspuroffizier nennen die Wehrmachtssoldaten Leute wie Deutsch, die, weil sie kaum militärische Ausbildung haben, nicht an der Front kämpfen, sondern zivile Stellen besetzen. Als Herr Deutsch die Uniform anzieht, kehrt Jad vom Arbeitsdienst zurück. Magdalena bleibt mit ihren Töchtern in der Kleinstadt im Haus neben der Gärtnerei. Herr Deutsch hat zu Ausweisen verholfen, die Magdalena und ihre Töchter schützen. Magdalena näht nicht mehr für fremde Leute, sondern nur noch für sich und ihre Töchter. In der Küche steht Gosia und kocht, Zofia hält das Haus und die Wäsche in Ordnung, Bauerntöchter aus einem Dorf in der Nähe. Die Buchhaltung führt Herr Kaminski, und er stellt Leute ein, die bei der Ernte helfen. Nelken vor allem baut die Gärtnerei an. Nelken für Litzmannstadt.

Im Sommer spannt Magdalena die Hängematte zwischen die Zwetschkenbäume, Frantzek und Jad füllen

Gießkannen mit Wasser und kühlen sich die Beine, sie essen Holundersuppe und lachen, wenn die Münder sich blau färben. Aus Litzmannstadt kommen Oma Józefa und Opa Juliusz auf Besuch, sie herzen Herrn Deutschs Tochter und spazieren mit Magdalena zwischen den Beeten. Jad und Frantzek satteln abends die Pferde und reiten hinaus in die Ebene. Manchmal setzen sie Magdalena und das Kind in die Kutsche, Jad lenkt das Gespann aus der Kleinstadt durch die ebene Landschaft und singt auf dem Kutschbock mit Frantzek deutsche Volkslieder. Im Winter ziehen sie Schlittschuhe an und laufen über den Teich. Sie werfen Schneebälle und leben als wäre Frieden.

In Hinterbliebenen versteckt sich das Wort ebenen. Tag um Tag weiten sich die Ebenen, schieben sich näher an das Haus, verwerfen die Beete und schieben schließlich Magdalena mit ihren Töchtern aus dem Haus. Der Schrecken. Wohin? Vertraut mit den Sprachen und Gerüchen, mit jeder Weggabel der Kleinstadt und mit ihren Tönen, öffnet Jad von innen das Hoftor. Draußen steht Dunkelheit. Es ist Nacht im Januar. Die Wege liegen schneeverweht. Betet darum, dass ihr nicht im Winter fliehen müsst. Magdalena hatte diese Bitte nicht geäußert, oder sie wurde überhört. Sie fliehen übers Blachfeld. Nicht Adam und Eva sind sie, Gottes erste Flüchtige. Nicht Josef und Maria, die aus Bethlehem flüchten. Kein Fluch Gottes macht die Frauen flüchtig. Die Unbehausten, die übers Blachfeld fliehen, sind Magdalena mit dem Kind, Frantzek und Jad. Vor Menschen und Waffen fliehen sie dahin zwischen den Feldern. Pole, sagen sie Polnisch für Feld. Mit Pferden und Wagen sind die Frauen unterwegs. Am Wagen baumeln Enten und Hühner an ihren Hälsen. Wer weiß, ob sich unterwegs Nahrung findet. Die geschlachteten Federwesen schlagen im Trab dumpf an. Die Frauen sagen nicht, wir fliehen, oder, wir sind auf der Flucht. Sie sagen nur etwas von zuhause und weg sein.

Es tagt und da liegen Gehöfte, die Tore stehen offen. Im Stall brüllt Vieh. Die Besitzer der Gehöfte haben die Suppe auf dem Herd stehen gelassen, haben sich nicht mehr an den gedeckten Tisch gesetzt, sind Hals über Kopf geflohen. Die Frauen müssen nur nachheizen. Sie essen sich satt, tränken die Pferde, füllen ihnen den Heuvorrat auf und lenken die Tiere wieder hinaus auf vereiste Wege. Jad lenkt das Gespann, manchmal löst Frantzek sie ab. Jad studiert die Karten, meidet die Hauptstraßen, als wüsste sie vom Stau des Trecks. Magdalena lehnt hinten mit dem Kind in Pelzen und Decken. Wenn die Dämmerung einbricht, kehren sie ein in verlassene Höfe, essen, füttern die Pferde und schlafen unbekannt in Betten. Das Geflügel, tief gefroren, baumelt noch am Wagen, als sie das erste Gebirge erreichen. Kein Weiterkommen mit Pferden. Doch da ist ein Ort, Rauch steigt aus den Kaminen, da sind Schienen. Jad verkauft die Pferde und den Wagen samt dem Schlachtgeflügel. Warum, fragt Magdalena, unsere guten Pferde? Bevor sie beschlagnahmt werden, erwidert Jad; knapp redet sie und scheint jede Wendung einen Hufschlag voraus zu wissen. Die Frauen werden in einen Zug gewiesen. Wohin? Nach Westen. In den Waggons sitzen Leute wie sie, irgendwoher, nicht wissend wohin. Flüchtlinge sind das, sagen die Frauen, und meinen die Anderen. Eine hat ihre Ziege mit und spricht mit ihr in einer seltsamen Sprache, Polnisch mit Deutsch verfitzt.

In einer Stadt müssen alle aussteigen, schwemmen in den Bahnhof, stürzen zu anderen Zügen, werden abgewiesen, laufen, dürfen einsteigen, rufen. Magdalena will mit. Jad hält zurück, heißt sie warten, streift über Bahnsteige, steht beim Fahrdienstleiter unbefugt herum, redet mit Uniformierten Deutsch. Die Frauen und das Kind bleiben auf dem Bahnhof bis Jad sagt: los. Dort steigen wir ein. Wohin? Nach Süden. Tage und Nächte nach Süden. Die Waggons bleiben auf offener Strecke stehen. stehen. stehen in Bahnhöfen. fahren ein Stück. stehen. fahren an, fahren weiter, der Zug fährt durch ein enges Tal, steile Hänge kommen nah an die Gleise. 250 Mann aussteigen, ruft eine Uniform in die Waggons voller Frauen und Kinder. Magdalena steht auf. Jad schüttelt den Kopf, heißt sie warten. Der Zug hält jetzt in kurzen Abständen. 100 Mann aussteigen, ruft der Uniformierte, Bad Ischl. Kommt, sagt Jad, wir sind da. Sie schleppt mit Frantzek die Koffer und Fluchtbündel hinaus, Magdalena kommt mit dem Kind nach. Zehn Wochen waren sie unterwegs.

Auf dem Bahnsteig steht eine Frau der NS-Volkswohlfahrt, sie empfängt flüchtige deutsche Volksgenossen und kommt auf Magdalena mit dem Kind zu. Ob sie Unterkunft brauchten, fragt die NS-Frau im Wetterfleck. Vor dem Bahnhof hat sie einen Handkarren stehen, auf den kommen die Koffer und Bündel. Jad zieht neben der Frau den Karren durch die Stadt, Frantzek, Magdalena und das Kind hinterher. Steile, verschneite Höhen umschließen den Ort. Kein Ton, weder Weggabeln noch Dialekt sind Magdalena vertraut. Ist das Deutsch, was sie hört? Die gleichen Fahnen wehen hier wie über der Schneiderei in Litzmannstadt. Die Frau im Wetterfleck führt Magdalena und ihre Töchter auf eine Brücke über einen schnellen Fluss und begleitet sie bis zu einem großen alten Haus mit einer Holzveranda. Magdalena und ihre Töchter bekommen zwei Zimmer, müssen in kein Flüchtlingslager.

Wenn Jad sich später an etwas erinnern wollte, erzählte sie: Das war das Sommerhaus einer Frau Hofrat aus Wien. Wir bekamen zwei Zimmer, eines war so groß, dass wir es Reithalle nannten, da standen schöne Möbel, ein Barockschrank mit Intarsien, wir durften alles benutzen. Die Frau Hofrat war vornehm und freundlich. Als nach dem Krieg das Hungern begann, hat sie uns manchmal ein paar Kartoffeln vor die Tür gestellt. Zehn Jahre haben wir im Sommerhaus der Frau Hofrat gewohnt.

Während der Flucht hatte Magdalena gesagt: Wenn wir nur einmal angekommen sein werden, wenn wir nur wieder ein Dach über dem Kopf haben werden, wenn wir nur einmal einen Augenblick Ruhe haben werden.

Jetzt sitzt Magdalena in der Reithalle mit dem Kind. Springt es auf und lacht laut, sagt Magdalena: psst, leise. Steht Magdalena vom Sessel auf, geht sie auf Zehenspitzen durch den Raum. Jad und Frantzek sind unterwegs mit Rucksäcken, sie stehen auf den Puffern zwischen den Waggons Richtung Innviertel, suchen Erdäpfel, Milch, Arbeit, Erfahrungen. Für Magdalenas besten Ring geben die Bauern ihnen ein halbes Kilo Speck. Die Frauen haben Hunger und verzichten leicht auf den Schmuck.

Geht Magdalena in Bad Ischl einmal aus, tastet sie durch die Gassen, als sei sie vor der Zeit gealtert, schaut kaum auf und wenn, verstohlen. Im Mai 1945 wechseln in Ischl die Fahnen. Im Mai geht Magdalena auf die Gemeinde. Sie bekommt ein Papier mit Stempel: Identitätsausweis. Er macht Magdalena einen Tag jünger, und sie klärt den Irrtum nicht auf. Über Magdalenas Nationalität ist Bad Ischl sich nicht klar – was der deutsch-englische Vordruck anbietet: Österreicher / Reichsdeutscher, passt nicht, wird gestrichen und ersetzt durch: ungeklärt. Ein Pass ist das Papier nicht, nur ein gefalteter Zettel, aber er könnte jederzeit beweisen, dass Magdalena sich mit Erlaubnis der Gemeinde in Bad Ischl aufhält, Magdalenas Daseinsberechtigung. Magdalena hat aus einem der Fluchtbündel ein Rechteck geschnitten und in ihren Mantel genäht als Tasche, wie Herrenanzüge eine haben. Da hinein schiebt sie ihr Bad Ischler Papier.

Die Bäume am Flussufer fallen ihr auf: Sie stehen schon im Laub, und da ist eine Promenade, dort könnte sie doch einmal spazieren gehen mit dem Kind. Nach der Brücke führt die Straße bergauf, verengt sich, eine Haarnadelkurve. Von oben kommt schweres Geräusch, Magdalena muss darauf zu, da zweigt vorher kein Weg ab. Aus der Kurve schiebt sich ihr entgegen ein Rohr, schon füllt ein Panzer die Breite der Straße, Magdalena drückt sich an eine Hauswand. Der Panzer bleibt stehen. Die Luke öffnet sich. Ein Mann mit schwarzer Haut streckt den Kopf heraus. Mädäm, Mädäm, haben Sie Angst? Nein, stammelt Magdalena. Der Mann lacht vom Panzer. Bitte nach Ihnen, nach Ihnen Mädäm. Mit der Nachhut der Befreier ziehen Missionare und Missionarinnen aus dem Bible Belt nach Bad Ischl und werfen sich in die Ischler Tracht. Die Ischler sind zum römisch-katholischen Kreuz zurückgekehrt, unter dem auch Magdalena in Lodz getauft wurde. In Ischl gibt dieses Kreuz Magdalena aber keinen Halt, niemand grüßt sie nach der Messe. Die Missionarinnen scheren sich nicht darum, dass Magdalena in Ischl kein zahlender Gast, sondern Flüchtling ist; sie verkünden ihr Frohe Botschaft und bieten mehr noch als Freundschaft an: eine Wohnung im Reich Gottes. Das lässt sich Magdalena als neue Heimat gefallen und zieht ein. Die Missionarinnen spenden Stoffe und Wolle. Magdalena beginnt Dirndl und Janker für die Töchter zu nähen, strickt Stutzen und Westen mit Zopfmuster; sogar Flüchtlinge aus Polen dürfen in Ischl jetzt Tracht tragen.

Bedauert will Magdalena nicht sein, auch nicht von den Missionarinnen. Uns wurde kein Haar gekrümmt, sagt Magdalena, als wüsste sie, dass den Nachbarinnen in Polen mehr als nur das Haar gekrümmt wurde.

1947 im Sommer zieht ein Haufen Ischlerinnen und Ischler vors Rathaus, sie scheppern mit leeren Milchkannen, recken die Fäuste zum Rathausbalkon hinauf und schreien, die Flüchtlinge sind schuld, die Juden sind schuld, die Juden vor allem; sie sind schuld, dass wir keine Milch bekommen für unsere Kinder. Auf dem Balkon steht ein Mann, der feuert den Haufen an, er war Widerstandskämpfer gegen das Kreuz mit den Haken; jetzt ruft er vom Balkon: Die Juden und die Flüchtlinge trinken unseren Kindern die Milch weg. Dem Haufen voran zieht er dann zu dem Hotel, in dem jüdische Flüchtlinge untergebracht sind. Eine Fensterscheibe zerbricht. Die Gendarmerie schaut weg. Die Befreier bekommen schnell Wind von der Sache, sperren den Anfeurer ein, verurteilen ihn zu fünfzehn Jahren, seinen Genossen zu zehn. Da hört man die Milchkannen bis nach Wien scheppern, der Ministerrat mischt sich ein und macht das Urteil mild, ein Jahr Haft und bedingt. Seit dem Ischler Milchstreit gibt Magdalena ihrem Kind keine Milch mehr, auch wenn Jad und Frantzek erfolgreich vom Hamstern kommen; das Kind ist schon groß, sagt sie, es kann Wasser trinken.

In der Pralinenschachtel klafft Magdalenas Passlücke über drei Jahrzehnte. Auch 1953 weiß Bad Ischl nicht, wofür es Magdalena halten soll, aber die Republik Österreich entschließt sich, Magdalena Deutsch einen Pass zu gewähren. 24 Seiten hat der neue und das gleiche Format wie Magdalenas erster Pass, der russische von 1914. Der Vordruck des Passes, der in Österreich für Magdalena ausgestellt wird, ist deutsch und französisch: Passeport des Etrangers Republique d'Autriche. Darin bleibt Magdalena einen Tag jünger und ihre Staatsangehörigkeit: ungeklärt. Geboren als Russin, verheiratet und verwitwet als Polin, wiederverheiratet als Deutsche, gestrandet als Fremde, eine Staatenlose. Magdalenas neuer Pass öffnet die Türen aller Staaten Europas. Doch sie will gar nicht durch Europa reisen; sie will Bürgerin sein, in Bad Ischl. Wer ist sie jetzt? Bleibt ihr nur das französische Lied, das sie von ihrer Mutter hat?

ADELE

Hinterbliebene verharren eine Zeitlang wie Bäume. Sie vertrauen sich Jahreszeiten an, der Hitze, Niederschlägen, dem Reif. Sie schauen in Zerstobenes, warten. Was entsteht? Ein Ring, der Alter anzeigt. Die Nächsten, die fallen werden, sind sie selbst. Bis dahin bleiben ihnen Brocken des eigenen Lebens. Sie schneiden Hecken, kappen Wassertriebe, karren Laub zum Komposthaufen, sammeln Altholz, das der Wind zu Boden warf. Eines Nachts sagt ihnen ein Traum: Wirf dich in die hellgelb wehenden Vorhänge der Tage.

Als Jad tot war, begann ich Polnisch zu lernen und erkundigte mich beim Lastenausgleichsarchiv in Bayreuth, ob Jads Verwandte in Lodz gelebt haben. Das Archiv bestätigte: Alle, nach denen ich gefragt hatte, wohnten zwischen 1940 und 1945 in Litzmannstadt. Das Archiv verzeichnet bei allen – und alle sind vor 1939 in Lodz geboren – als Geburtsort Litzmannstadt, obwohl Litzmannstadt vor April 1940 Lodz war.

Zu Ehren des Generals Karl Litzmann ändern die Nationalsozialisten 1940 den Namen der Stadt Lodz in Litzmannstadt, die umbenannte Stadt liegt im Reichsgau Wartheland, genannt Warthegau. Am 11. April 1940 meldet die Litzmannstädter Zeitung, der Name Litzmannstadt sei unwiderrufbar und für alle Zeiten gültig. Am 19. Jänner 1945 befreien sowjetische Truppen die Stadt, und sie bekommt ihren Namen zurück: Lodz. Kaum fünf Jahre trug Lodz Litzmanns Namen. Nach den Datenblättern des Lastenausgleichsarchivs in Bayreuth bestand Litzmannstadt 80 Jahre, nämlich schon 1860; 1860 war Litzmann zehn Jahre alt, und

Lodz war in der Hand des russischen Zaren. Als ich den Schriftwechsel mit dem Archiv führe, beantragt eine Frau in Wien einen neuen Pass. Sie ist 1941 in Litzmannstadt geboren, der Beamte im Wiener Meldeamt weigert sich, Litzmannstadt als Geburtsort in den Pass einzutragen, denn diese Stadt gäbe es nicht.

Ich will in Lodz eine Tagung über das Ghetto Litzmannstadt besuchen und reise zum ersten Mal dorthin. Das Abteil des Morgenzugs von Warschau nach Lodz hat acht Sitzplätze. Mir gegenüber zappelt neben einer jungen Frau ein kleines Mädchen. Mamo, dlaczego fahren wir nach Łódź? fragt das Mädchen und spricht Lodz Polnisch aus. Muszemy Oma besuchen, antwortet die Mutter. Was hast du in deiner Tasche, Mamo? Zupelnie nic, antwortet die Mutter. Geh, lass mich doch schaun, sagt das Mädchen, co masz w torebce, Mamo? Widerstrebend öffnet die Mutter den Verschluss ihrer Handtasche. Skąnd jesteś, frage ich das Mädchen. Ich komme aus Österreich, antwortet sie. Sie macht aus zwei Sprachen eine offene Tür.

Neben mir sitzt im Abteil ein Bibelleser, schwere Lasten haben seine Hände breit gemacht. Bevor er eine Dünndruckseite umblättert, befeuchtet er den Daumen und den Zeigefinger mit Speichel, die umgeblätterte Seite streicht er mit der flachen Hand glatt. Am Fenster liest eine junge Frau über Unbekannte Flug Objekte; das Haar, die Wimpern, die Fingernägel der Leserin sind lila, von den Schuhen bis zum Schal ist sie lila gekleidet. Vom Fensterplatz gegenüber erhebt sich eine Nonne, legt ihr Buch über Lech Kaczyński auf den Sitz und verlässt das Abteil. Beim Öffnen der Abteiltür verrutscht der Ärmel ihrer Weste, ein Plastikarmband wird sichtbar, darauf steht in Großbuchstaben: Poland.

Der Zug bleibt in Lodz-Widzew stehen. Auf den Mauern neben den Schienen sind Hakenkreuze und Davidsterne. Fahr doch nach Krakau oder Danzig, was willst du denn in Lodz, das ist eine häßliche Stadt, so hatten meine Bekannten geredet. Die nächste Station, Lodz-Fabryczna, ist der Kopfbahnhof der Züge aus Warschau. Neben den Gleisen stehen Ziegelhallen, die Scheiben in den hohen Fensterfronten sind zerbrochen, verrostet die Metallrahmen, ausgebissene Gesimse, kalte Schlote.

Waren Sie polnisch oder deutsch? Die Frage gilt mir und überrumpelt mich. Ich hätte auf so eine Frage gefasst sein sollen, hätte im Voraus eine Antwort überlegen können. Polnisch oder deutsch? Ist mir nicht anzusehen, ob ich eher polnisch oder eher deutsch bin? Ist mir aber anzusehen, dass ich nicht jüdisch bin? Die Frage richtet sich zwar an mich, meint aber die Lodzer Vorfahren. Waren sie polnisch oder deutsch? Ich stehe der Fragerin im Saal des Lodzer Rathauses gegenüber, wir stehen unter einem Dach. Dach, an dieses Wort könnten wir uns gemeinsam lehnen, auch das Rathaus liegt uns beiden nicht fern, Ratusz lehnt sich daran.

In Litzmannstadt wurden polnisch, jüdisch und deutsch scharf getrennt, die Zuordnung entschied über Tod oder Leben. Aber ich bin nicht nach Litzmannstadt gekommen, sondern nach Lodz. Ich bin Bürgerin der Europäischen Union, wie die Fragerin. Muss man in Lodz nicht nur Namen und Zahlwörter, sondern auch seine Herkunft deklinieren? Muss, wer nach Lodz kommt, wissen, auf welche Seite sich die Vorfahren geschlagen haben? Meine Gedanken verheddern sich. Ich kann sie nicht mit der Fragerin teilen, falle in Schweigen. Ein peinlich langes Schweigen, mit dem ich mich verdächtig machen könnte. Aber verdächtig welcher Untat?

Jad sagte: Es ist nichts so fein gesponnen, dass es nicht käme an die Sonnen.

Solche Sätze gehörten zu Jad, wie ihr Zeigefinger. Die Jad-Sätze umzingeln mich in Lodz. Die Jad-Sätze sind allgegenwärtig.

Jad sagte: Die Welt will betrogen sein, drum lasst sie uns betrügen.

Von wem hatte Jad solche Sätze?

Ich stehe der Fragerin unter dem Dach des Lodzer Rathauses schweigend gegenüber. Sie ist jünger als ich, vielleicht Mitte Vierzig. Die Frage kam in fehlerfreiem Deutsch, die Laute sind ein wenig ungewohnt gefärbt. Der Tagungsleiter unterbricht mein Schweigen. Das Mittagessen warte im Café des Rathauses, sagt er und spricht mit der Fragerin weiter, die er zu kennen scheint. Ich gehe voraus, sage ich und suche mir im Café einen Tisch, an dem nur noch ein Platz frei ist.

Jad sagte: Ich habe zwei Muttersprachen.

Mit mir sprach Jad Deutsch. Mit ihrer Mutter Magdalena und mit ihrer Schwester Frantzek sprach sie Polnisch. Die fremde Muttersprache ist ein Grab, dicht und dunkel. Die deutschen und österreichischen Tischnachbarn im Café des Rathauses unterhalten sich Deutsch. Wo sind die Polen? frage ich in die Runde und nähme die Frage am liebsten sofort zurück, ich will nicht auffallen, aber die Worte sind schon über die Lippen. Ich glaube, sie haben im Keller einen zweiten Speisesaal, sagt ein Mann aus Berlin. Ich wechsle zu einem unverfänglichen Thema: Was er dort mache, in Berlin? Topographie des Terrors, so heiße sein Institut, sagt der Mann. Er forsche über die Banken in Polen während der nazideutschen Besetzung, sagt er und wendet sich einem anderen Tischnachbarn zu.

Von ihrer Lehre in der Lodzer Bank erzählte Jad manchmal von sich aus, ohne mein Fragen. In der Bank arbeitete ein jüdisches Fräulein, sagte Jad. Sie hielt sich für was Besseres. Na warte nur, hab ich mir gedacht, Hochmut kommt vor dem Fall. Und siehe da, eines Tages war das Fräulein weg.

Diese Sätze waren mir unheimlich. Auch jetzt, als sie mir einfallen, fröstelt mich, und ich wende mich zu dem Barszcz czerwony z uszkami, der vor mir steht. Vertieft in diese Suppe, die aus Gold gemacht zu sein scheint, werde ich unsichtbar. Jad arbeitete in der Bank und stellte eines Tages einem jüdischen Kunden einen Auszahlungsbeleg über 30.000 Reichsmark aus. Von ihrem Pult sei der Mann quer durch die Kassenhalle auf den Auszahlungsschalter zugegangen, erzählte sie. Bevor der Mann den Schalter erreichte, ratterte das Schaltergitter hinunter. Der Mann stockte, in sein Gesicht trat Entsetzen. Die Bank zahlte an Juden kein Geld mehr aus.

Während Jad sprach, skizzierte sie auf einen Zettel die Kassenhalle der Lodzer Bank, und zog mit einer unterbrochenen Linie den Weg des Mannes von ihrem Pult quer durch die Halle zum Kassenschalter nach. Ich sah Jad an und dachte, sie erzählt eine Geschichte, die sie bei Andrzej Szczypiorski gelesen hat, andererseits verlieh die Skizze, die Jad zeichnete, ihrer Geschichte Glaubwürdigkeit. Sollte Jad gesehen haben, wie sich das Schaltergitter vor den Augen des Mannes schloss, sah sie das am 18. September 1939, an diesem Tag wurden in Lodz die jüdischen Bankkonten gesperrt. Erst ab 27. November 1939 wurde die Reichsmark die in

Lodz gültige Währung, ab diesem Tag hatten nur noch deutsche Lodzer Zugriff auf ihre Bankkonten, auch polnische Lodzer waren nun enteignet.

Am Nachmittag warten hinter dem Lodzer Rathaus zwei Busse. Einer ist metallisé lackiert, gut gefedert, Sicherheitsgurte an jedem Sitz, die Tagungsgäste aus Berlin und Wien steigen ein. In den anderen Bus steigen die Tagungsgäste aus Warschau und Lodz. Ihr Bus ist ziemlich alt, als der Fahrer das Lenkrad einschlägt, knirscht etwas.

Jad sagte: Gast im Haus, Gott im Haus.

Diesem Motto der polnischen Gastfreundschaft blieb Jad ihr Leben lang treu: Jeder Gast wird zum Essen genötigt, ob er essen will oder nicht. Mit Herzlichkeit wird dem Gast die Selbstbestimmung entzogen, und man weiß dann nicht mehr, ist der Gast der Gott, oder ist im Haus ein Gott, der den Gast dirigiert. Als Gast in Lodz fühle ich mich unbehaglich, weil die Polen und Polinnen in dem alten Bus sitzen. Die Busse fahren durch die Zgierska nach Norden. Meine Sitznachbarin wischt mit dem Ärmel über die beschlagene Scheibe, deutet hinaus und sagt: Dort war die Brücke. Die Holzbrücke. Sie verband die beiden Teile des Ghettos miteinander.

Jad sagte: Vom Ghetto haben wir nichts mitbekommen.

Die Zgierska hat Hohensteinerstraße geheißen, als Lodz Litzmannstadt hieß, sagt die Sitznachbarin, links und rechts der Straße war Stacheldraht. Die Straßenbahn durfte hier nicht halten. Die Juden sind über die Brücke gegangen. Ich heiße Renja, sagt die Frau, ich hab mich in den deutschen Bus geschummelt. Sie sei Laienschauspielerin, erzählt sie, ihre Theatergruppe probe gerade Die Schlacht von Tannenberg. Die Schlacht von Tannenberg? Das ist lange her, sagt Renja, 1410, wir haben die Deutschen verjagt, ich spiele einen deutschen Ordensritter, sagt Renja lachend. Die Zeit der Ordensritter brachte das Wort Gewalt nach Polen und sie blieb dort, nur das e hat sie verloren: Gwalt; dekliniert wird sie wie jedes andere polnische Hauptwort. Mit Gewalt heißt einfach: gwaltem.

Die Busse erreichen die Kleinstadt. In der Kleinstadt zweigt die Straße nach Westen, in das Dorf Chełmno nad Nerem, dessen Namen die Nationalsozialisten eindeutschten: Kulmhof am Ner.

In der Kleinstadt führte Jad die Gärtnerei. Sie baute vor allem Nelken an, die waren in den Lodzer Blumengeschäften begehrt, sagte Jad. Es gab kaum Blumen zu kaufen. Jad ließ die Nelken mit der Bahn nach Lodz liefern.

Die Kleinstadt liegt an der Bahnlinie, die von Litzmannstadt nach Kulmhof führte. Renjas Lachen ist verstummt, keine Rede mehr vom Theaterspielen. Wir sind da, sagt Renja dann, das ist Kulmhof, und sie deutet auf die Ortstafel mit der Aufschrift Chełmno nad Nerem. Ein geducktes Dorf, die wenigen Häuser hocken stumpfgrau im Regen. Auf dem Grundstück neben der Kirche bleiben die Busse stehen. Wir steigen aus, gehen über nasses Gras, Renjas Füße sind nackt in Sandalen, ich trage feste Schuhe. Die Luft ist feucht und herbstkalt, Ende August. Bei einem Gebüsch steht ein Containerklo, davor drängeln sich die Leute aus beiden Bussen. Die Fragerin aus dem Rathaus steht dort. Die Leute im leichten Sommergewand sprechen Polnisch, die mit den Schirmen und den warmen Jacken Deutsch. Das Gelände steigt leicht an, oben auf der Böschung steht ein Haus, kaum größer als eine Pförtnerloge. Drinnen ist es kälter als draußen, in einer Ecke steht ein unbeheizter Kanonenofen. An den Wänden sind Pläne, Namenslisten, Fotografien. In einer Vitrine liegt eine Anstecknadel des Hakoah-Sportvereins Wien, ein Stück der goldfarbenen Fassung ist ausgebrochen. Eine hagere alte Frau begrüßt die Gäste auf Englisch, sie ist die Direktorin dieses Miniaturmuseums. Ihr Haar ist schwarz gefärbt zu einem Knoten am Hinterkopf geschlungen. Die Nationalsozialisten wählten das 300-Seelen-Dorf Kulmhof am Ner, sagt sie, weil in der Nähe, mit der Bahn erreichbar, das Ghetto Litzmannstadt war, mit dem Vorrat an Menschen, die hier in Kulmhof ermordet werden sollten.

Die Direktorin spricht von waves of annihilation: Zuerst wurde die jüdische Bevölkerung der kleineren Ghettos im Warthegau vernichtet. Die Nationalsozialisten stürmten diese Ghettos und stempelten die Brustkörbe der Bewohner: A die Arbeitsfähigen, B die nicht-Arbeitsfähigen. Auch das Ghetto in Jads Kleinstadt wurde gestürmt, die Bewohner wurden verschickt: A ins Ghetto Litzmannstadt, B nach Kulmhof. Die Züge aus dem Ghetto Litzmannstadt nach Kulmhof fuhren über die Kleinstadt, von wo Jad ihre Nelken nach Litzmannstadt schickte.

Jad sagte: Wer nicht arbeitet, der soll auch nicht essen.

Wer nach Kulmhof verschickt war, bekam dort nichts zu essen und durfte seine Kleider nicht behalten – ankommen, ausziehen, ab. Einhundertfünfzigtausendmal: ankommen, ausziehen, ab.

Wenn ich, selten und wie nebenbei, das Wort Juden fallen ließ, kamen von Jad schnittige Antworten:

Warum fragst du mich immer nach den Juden? Was sie mit den Juden angestellt haben, hat ja keiner gewusst. Das konnte keiner wissen. Hast du mich einmal gefragt, wie es den Polen im Krieg gegangen ist?

Ich fragte: Wie ist es dir im Krieg ergangen?

Um mich, erwiderte Jad, geht es nicht. Mir wurde kein Haar gekrümmt.

Nahe dem Museum geht ein Schotterweg zu Ausgrabungen, die Fundamente eines großen Gebäudes liegen da. Durch dieses Gebäude wurden die Menschen in die Gaswagen geschleust, sagt die Direktorin. Nur zwei Personen, sagt die Direktorin, die nach Kulmhof deportiert wurden, entkamen der Vernichtung.

Die Busse fahren weiter. Sie nehmen den Weg, den die Gaswagen einschlugen. Die Asphaltstraße geht über in einen tief gefurchten Waldweg. In Jads Alben sind Fotos von polnischem Wald, schwarz-weiß aufgenommen. Kein Mensch ist auf diesen Fotos zu sehen. Ein Weg nur, links und rechts schwarz-weißer Wald. Der Wald links und rechts des Busses ist grün. Die Busse kommen schwer voran. Schlammweg. Gasweg. Sterbeweg. Jad fiel nicht Menschen zum Opfer. Keiner meiner Vorfahren ist auf diesem Weg gestorben. Jad lebte nur in der Nähe, als hier die Vielen vergast wurden.

Ich denke auf dem Gasweg mehr an Jad, als an die hier Ermordeten. Im Museum waren Fotos einzelner Menschen, die auf diesem Weg starben. Ich kann die Fotomenschen und die vergasten Menschen nicht in eine Gedankenfolge bringen, es waren Zigtausende, keinen kannte ich. Einer Masse zu gedenken, gelingt mir nicht. Ich erfasse lediglich etwas geballt Entsetzliches, nicht die Einzelnen, denen das Entsetzliche zustößt. Könnte ich mir Einzelne vorstellen, spräche ich nicht von Gedenken, sondern sagte: ich denke an Dich, Du fehlst mir, ich bin traurig. Versuche ich, an die zigtausend Ermordeten zu denken, sind sofort die Mörder da:

Einer kriecht unter den Gaswagen, steckt in das Auspuffrohr den Metallschlauch, der ins Innere des Frachtraums führt. Der Gaswagenfahrer startet den Wagen, lenkt, wirft einen Blick durch das Fensterchen in den Frachtraum, schaut nach, wie viele noch stehen und kennt den Zweck der Fahrt: allen da hinten den Atem nehmen.

Im Bus spricht niemand. Auf dem Sterbeweg teilt keiner seine Gedanken. Renja schaut schweigend hinaus, ich frage nicht, warum sie hier mitfährt. Der Bus stockt, der Chauffeur schaltet in den ersten Gang, der Weg ist schwammig. Der Weg öffnet sich. Da ist eine Lichtung.

Die Direktorin des Museums ist mitgefahren und geht den Gästen voran durch das Gras, ihr Kopf weicht den Berliner und Wiener Regenschirmen aus. Die Direktorin bleibt stehen, weist mit dem Arm zu verschiedenen Stellen auf der Lichtung und spricht leise. Einzelne Worte erreichen mich: First death camp in history of mankind, obnoxious odor, furnaces, set fire, obliterated traces, ground bones, into the Ner.

Der Ner nähert sich von Süden her Lodz. In Lodz wurden Jad, Magdalena, deren Mutter, Großmutter und Urgroßmutter geboren. In Lodz wurden Jads Großvater geboren, dessen Vater, Großvater und Urgroßvater. Von Lodz fließt der Ner abwärts nach Norden und biegt in der Nähe der Kleinstadt nach Westen. 1941, als die Nationalsozialisten das Dorf Kulmhof wählten, zog Magdalena von Litzmannstadt nerabwärts in die Kleinstadt.

In der Gärtnerei hatten wir viele Angestellte, erinnerte sich Jad. Wir hätten diese Leute nicht gebraucht. Wir haben sie nur eingestellt, damit sie nicht zur Zwangsarbeit ins Reich mussten. Einmal kam ein Mann über die Felder zum Haus. Wir würden unseren Leuten Gemüse schenken, das sei Schädigung des Reichsnährstands, ich müsse mich verantworten. Ich habe ihn gefragt, ob er nicht wisse, dass anständige Menschen anklopfen, bevor sie ein fremdes Haus betreten, und sich nicht über die Felder anschleichen. Außerdem, habe ich gesagt, wenn wir unseren Leuten kein Gemüse schenken, stehlen sie es, das würde den Nährstand mehr schädigen. Der Mann ist nicht wiedergekommen. Ja, ja, so war das. Du musstest auftreten wie ein Feldwebel, sonst warst du verloren. Auch wenn dir die Knie gezittert haben, du durftest deine Angst auf keinen Fall zeigen.

In der Nähe der Kleinstadt biegt der Ner nach Westen. Ein Stück flussabwärts erreicht er das Dorf Kulmhof, fließt nah der Kirche unterhalb des Gebäudes vorbei, von dem nur noch das Fundament zu sehen ist. Der Ner ist ein schmales Flüsschen. Zum ersten Mal sah ich ihn viele Jahre vor meiner Reise nach Lodz in Claude Lanzmanns Shoah. Ein Mann stakt einen Passagier in einem flachen Kahn durch den Ner, der Passagier singt: Wenn die Soldaten durch die Stadt marschieren, öffnen die Mädchen die Fenster und die Türen. Ei warum? Ei darum! Ei warum? Ei darum! Ei bloß wegen dem Schingderassa, Bumderassa! Schingderassa, Bumderassasa! Der Passagier ist einer der beiden Männer, die der Vernichtung in Kulmhof entkamen. Für

Lanzmanns Film singt er noch einmal das Lied, das er als Bub, gefesselt mit Ketten, im Kahn auf dem Ner für einen vom Kulmhof-Sonderkommando singen musste.

Ich brauchte Lanzmanns Film, auch wegen der Geografie von Jads polnischem Leben. Ich kaufte eine Landkarte von Polen, zog Linien zwischen der Kleinstadt, Chełmno nad Nerem, Lodz und sah das Aschendreieck: An der Südspitze Litzmannstadt, an der Nordspitze die Kleinstadt, im Westen Kulmhof.

Ein paar Kilometer von Kulmhof entfernt interviewte Lanzmann einen Polen vor der Mühle in Grabów. Der Pole sagt im Film: als es geschah, wussten alle, was in Kulmhof mit den Juden geschah. Jads Gärtnerei gehörte zur Kundschaft der Grabówer Mühle. Als Jad – drei Jahrzehnte später – nach Polen reiste, hat sie diese Mühle fotografiert und auf der Rückseite des Fotos vermerkt: Die Mühle in Grabów.

Der zweite Überlebende von Kulmhof, der in Lanzmanns Film zu Wort kommt, sagt am Beginn des Gesprächs: Man sollte nicht darüber sprechen. Das kann man nicht erzählen. Keiner kann das verstehen. Das Erzählen, und er erzählt später im Film über den Massenmord in Kulmhof, stößt ihn wieder in seine Erinnerung. Nachdem ich Lanzmanns Film zum ersten Mal gesehen hatte, besuchte ich Jad lange nicht. Als ich sie schließlich wiedersah, fragte ich wieder, ob sie in der Kleinstadt etwas von dem mitbekommen habe, was den Juden in der Kleinstadt, in Litzmannstadt, in Kulmhof angetan wurde?

Die Jidden, die Jidden und wieder die Jidden, erwiderte Jad. Kann das nicht endlich einmal aufhören? Was sie mit den Juden angestellt haben, hat keiner gewusst. Das konnte ja keiner wissen.

Der Ner mündet in die Warthe, erreicht die Oder, fließt in die Ostsee. Der Ner hat Knochenmehl aus Kulmhof bis in die Ostsee getragen. Über eine Brücke des Ner lenkte Jad ihre Fluchtpferde nach Westen.

Wir gehen zurück zu den Bussen, Renjas Haare sind nass geregnet. Sie wollte mit Deutschen lange nicht reden. Sie sagt, sie habe die frühen Jahre im Ghetto Litzmannstadt verbracht. Seit einiger Zeit besucht Renja jedes Jahr ihre Kinder, die in Deutschland leben. Ich habe mich an die Deutschen gewöhnt, sagt sie. Auf der Rückfahrt singt sie ein polnisches Lied.

Meine erste Lodzer Nacht verbringe ich in einem protestantischen Gästehaus. Im Aufenthaltsraum liegt das Gästebuch. Ich blättere, lese mich fest, nehme das Buch mit aufs Zimmer. Die meisten Gäste, ehemalige Lodzer, kommen aus Deutschland, zwei haben einen österreichischen Ort zu ihrem Namen gesetzt. Ins Gästebuch schreiben sie ihre Sehnsucht nach der verlorenen Heimat, einer schwört den Polen ewige Rache, der nächste entschuldigt sich für den Eintrag des Rächers. Manche waren schon neun Mal hier. Alle haben die Häuser gesucht, in denen sie mit den Eltern lebten, ihre Schulen und die Kirchen, in denen sie getauft oder konfirmiert wurden. Manche haben das wiedergefundene Haus ins Gästebuch gezeichnet.

Mit den Vertriebenen wollte Jad nichts zu tun haben. Mich hat niemand vertrieben, sagte sie, ich bin geflüchtet.

Ich schlafe schlecht im protestantischen Gästehaus. Ich schaue in die Lichtung bei Chełmno, will nichts mehr wissen, will nicht weiter anstreifen an Jads Leben in ihrem ersten Land. Am nächsten Morgen denke ich nicht an die Nachtgedanken und fahre zu einem

Lodzer Archiv. Der Portier fragt nach meinen Wünschen. Die alten Adressbücher möchte ich sehen. Er deutet mir zu warten und telefoniert. Ich stehe in dem Gang hinter der Portiersloge, der Geruch eines Putzmittels ätzt in der Nase. Eine Tür wird geöffnet, zögernd nähert sich ein weißhaariger, rundlicher Mann. Er trägt einen dunkelblauen Arbeitsmantel. Vor langer Zeit habe ich Arbeiter in solchen Mänteln gesehen. Waren es Magazineure, Drucker, Schlosser? Leute, deren Arbeit eine höhere Bildung voraussetzt, kenne ich nicht in dunkelblauen Arbeitsmänteln. Der Mantel des Archivars ist an einigen Stellen gestopft, das Stopfgarn dunkler als der Mantelstoff. Der Archivar weist mich in den Raum, dessen Tür offen steht. Drei leere Tische sind drinnen, weder Telefon noch Computer. Die Regale an den Wänden sind spärlich bestückt, wahrscheinlich werden in diesem Raum nur Besucher empfangen. Der Archivar fragt nach meinen Wünschen, die er doch schon kennt. Stockend auf Polnisch sage ich, die Lodzer Adressbücher aus den Vorkriegsjahren würde ich gerne durchsehen. Von diesen Adressbüchern sei nur ein Exemplar des Jahrgangs 1938/39 erhalten, erwidert er. In den sechziger Jahren habe die Verwaltung Platz gebraucht und die alten Adressbücher entsorgt, das eine erhaltene Exemplar könne ich einsehen, er werde es holen.

Nach Lodz kommt kaum jemand, um nur die alten Fabrikantenvillen zu besichtigen. Leute, die hierher kommen, machen Geschäfte, einige studieren an der Filmakademie, die meisten aber suchen etwas. Das Ziel ihrer Suche ahnen sie nur. Die Sucher kommen mit der Hoffnung, ein günstiger Zufall möge ihre Schritte lenken, möge sie finden lassen, was ermordet, zerstört, entsorgt wurde oder mit dem Lauf der Zeit verschwunden ist; ein Grab zumindest. Was suche ich? Die Antwort auf eine Sehnsucht – wonach? In Lodz erscheint mir Jads Totsein völlig unwahrscheinlich.

Der Archivar kommt mit einem dicken Band zurück. Vier Familiennamen schlage ich nach, finde die Urgroßeltern, die Großeltern und deren Geschwister. Ich schreibe die Namen mit den Adressen ab. Hinter jedem Namen steht eine polnische Abkürzung. Berufsbezeichnungen, erklärt der Archivar und übersetzt sie dann ins Deutsche. Ältere Leute in Lodz wollen sich das Deutsche nicht über die Lippen kommen lassen, auch wenn es viele gut verstehen und sprechen könnten.

In Europa sind seit langem die Grenzen offen, und ich fuhr nicht nach Lodz. Ich konnte erst nach Lodz reisen, als Jad tot war. Wollen Sie nicht schreiben? fragt der Archivar und ich muss ihn bitten, zu wiederholen: Weber, Stiefelschachtmacher, Prokurist, Händler, Fleischhauer, Schuster, Damenschneider, Drucker, Bankangestellter, Herrenschneider, Buchhalter. Diese Berufe kommen in Jads Lodzer Familiengeschichten vor.

Stammen Sie aus Lodz? frage ich den Archivar. Nein, sagt er so, dass ich nicht weiterfrage. Es klopft, ein Mann streckt den Kopf zur Tür herein. Mir bleibt nur noch Zeit zu fragen: Wo kann ich die Volkslisten finden? Das wüsste ich auch gern, erwidert der Archivar, steht auf, steckt die Hände in die aufgesetzten Taschen des blauen Arbeitsmantels und nickt zum Abschied.

Draußen vergleiche ich die Adressen mit dem Stadtplan. Die meisten liegen in der Nähe des Archivs, alle im Süden der Stadt, wo vor dem Krieg hauptsächlich deutschsprachige Lodzer lebten. Vom Archiv ist es nicht weit zur Radwanska. In der Radwanska wohnten drei Brüder Magdalenas. In einer Straße hatte Jad drei Onkel. Nicht in allen Familien leben die Verwandten möglichst weit voneinander entfernt. Jad erzählte, sie habe jede Woche jemanden aus der Familie getroffen. Am schönsten seien die Namenstage gewesen: Da sind alle zusammengekommen, wir haben gegessen, gelacht, gesungen, getrunken und getanzt.

Als ich Jads Kind war, wurde nicht getanzt. Tanzen war Sünde. Gäste kamen oft ins Haus. Jad zog dann den Esstisch auf beiden Seiten aus und legte ein weißes Tischtuch auf. Zur Familie gehörte keiner der Gäste. Ich nahm Jads Geschichten von den Familientreffen in Lodz nicht ernst, ich glaubte nicht an diese Großfamilie mit Jad mittendrin. Als ich aber in der Radwanska die kurze Entfernung zwischen den Häusern der drei Brüder messe, werden Jads Geschichten glaubwürdiger. Für Jad war Familie mehr als Mutter, Vater, Schwester. Die Großeltern, Onkel und Tanten gehörten dazu, Cousins und Cousinen vor allem. Von ihnen soll niemand mehr leben? Kein Kind, kein Enkel? Und wenn jemand lebte, vielleicht sogar in Lodz, wollte ich dieser Person begegnen?

Da ist Leons Haus. Leon war Magdalenas Bruder. Vier Stockwerke, eine gepölzte Toreinfahrt, vom Putz der Fassade sind Spuren erhalten, hinter den Fenstern hängen Gardinen, verbeulte Postkästen in der Einfahrt. Kopfsteinpflaster führt in den Innenhof. Leon war Bankangestellter. Sein Sohn heißt Andrzej, er lebt in Warschau, hatte Jad erwähnt.

Im Innenhof des Hauses an der Radwanska stapeln sich Autoreifen neben einem aufgebockten Maluch, der Polski Fiat. Über die Karosserie streift der Wind Bettlaken, zum Trocknen in den Regen gehängt. An der Hofwand stehen Mülltonnen, Stiegen führen ins Souterrain eines Kopierladens. Aus einem Fenster ruft mir eine Frau etwas zu. Ich verstehe nicht, aber ich traue mich nicht weiter in den Hof. In der Einfahrt sind an den Wänden Reste des alten Walzmusters, helle Wellen auf rosa Grund.

Von der Radwanska gehe ich in einen Park in der Nähe. Sind sie hier spazieren gegangen? Magdalena mit Leon? Hat Anton seine Tochter Jad in diesem Park fotografiert? Ein besonderer Spaziergang muss das gewesen sein. Jad trägt ein Kleid, das für ein kleines Mädchen zu elegant ist, im Haar eine Schleife wie ein Propeller. Jad steht neben dem Kinderwagen, Modell Jugendstil, in dem ihre Schwester Frantzek sitzt. Anton wurde nicht einmal dreißig Jahre alt. Er starb, bevor die Nationalsozialisten Lodz einnahmen. Wer weiß, auf welche Seite er sich geschlagen hätte? Im Park steuern zwei Frauen auf mich zu. Sie tragen keine Wachttürme spazieren, aber sie ziehen einen Wachtturm aus der Tasche, als sie mich ansprechen. Als sie merken, dass ich wenig verstehe, fragt die eine, ob ich Russin wäre. Russin? wiederhole ich und muss schmunzeln. Mein Großvater sei zwar aus St. Petersburg nach Lodz gekommen, aber damals seien ja beide Orte russisch gewesen. Russin sei ich deswegen nicht, antworte ich und lache, ich kann das Lachen nicht unterdrücken, es treibt mir die Tränen in die Augen. Die beiden Frauen schauen betreten, ich will mich entschuldigen, die Frauen wenden sich ab, als seien sie einer Verrückten begegnet. Russin? Russin! In Österreich fragen mich Leute, ob ich aus Deutschland komme. Berliner sagen: Eine typische Wienerin, das hört man sofort. In Lodz fragt eine: polnisch oder deutsch? Und jetzt: Russin. Ich lache noch, als die beiden Frauen hinter den Bäumen verschwunden sind. Ich bin Adele würde ich den beiden am liebsten hinterher rufen, nichts als Deli. Darf man denn in diesem Lodz nicht einfach nur Deli sein? Ich muss zurück ins Rathaus und werde nur noch einen kleinen Umweg machen. Wie alle Heimatsucher will auch ich sehen, ob das Geburtshaus der Mutter noch steht. Ja, auf wackligen Beinen zwar, aber da steht es. Die Türstöcke sind gepölzt, eine Hausseite ist mit Brettern verschlagen. In der Hauseinfahrt sehe ich einen Aushang der EU, der die Bewohner dieser Adresse zur Wahl aufruft. Im Innenhof bewegt der Wind alte Akazien, ein kleiner verwilderter Garten ist da. Auf die Wohnungstüren im Erdgeschoss sind mit weißer Kreide Davidsterne und Hakenkreuze gezeichnet und Worte sind geschrieben, die ich nicht recht verstehe, die aber nicht nach freundlichen Worten aussehen. Die Holzstiegen ächzen. Eine Frau kommt die Stiege herunter und mustert mich. Als sei ich bei einem Einbruchsversuch ertappt worden, schleiche ich weiter, bis die Tür zum Dachboden den Weg versperrt. Unten schlägt in einer Wohnung ein Hund an, ich gehe die Stiege schnell hinunter und aus dem Haus.

Dem Haus gegenüber hat der Konzern, bei dem Matti beschäftigt war, neue Gebäude errichtet. Matti war oft in Lodz, ob Jads Geburtshaus noch steht, kümmert ihn nicht. Kannst du nicht endlich erwachsen werden, sagt er zu mir, was gehn dich diese alten Geschichten an? Ich wünschte, Matti wäre mit mir hierher gefahren, warum will er nichts wissen von den alten Geschichten? Journalisten fragten Matti manchmal nach seiner Herkunft, er gab jedesmal eine andere Antwort, einem

Journalisten antwortete er: Meine Mutter ist Polin. Ich hörte Jad nie sagen: Ich bin Polin. Sie hat allerdings auch nicht gesagt, sie sei Österreicherin oder Deutsche. Zu dem Zeitpunkt, als Matti das Interview gab, war Jad sicherlich nicht Polin. Matti will mit Lodz nichts zu tun haben und kommt mir doch vor wie der Lodzermensch, der in Reymonts Buch steht: Ein kühler, nüchterner Mensch, der zu allem fähig ist, und die Familie, aus der er kommt, vergisst. Bevor ich nach Lodz fuhr, bekam ich einen Brief von Gitti. Sie schrieb, er lebe jetzt am Atlantik und werde lange nicht zurückkommen.

Ich gehe Jads Straße hinauf und komme bis zur Kirche, in der Magdalena und Anton geheiratet haben, hier wurde Jad getauft. Eine Seitenkapelle steht offen. Ein Vogel scheint in der Kapelle zu nisten. Er zwitschert in das Beten einer Frau, die vor dem Altar kniet. Das Zwitschern verstummt, als die Frau verstummt und sich nach mir umdreht. Die Frau ist der Vogel. Warum bin ich nur für zwei Tage nach Lodz gekommen? In dieser Kapelle würde ich gern eine Weile bleiben, warten, ob das Zwitschern noch einmal beginnt. Warten, ob da ein Bild entsteht von Anton und Magdalena. In der Familie, erzählte Jad, habe es geheißen: Anton und Magdalena, das war ein Liebespaar, sie hätten keine Kinder gebraucht.

Ihr Versprechen für gute wie für schlechte Tage mussten sie nur acht Jahre halten. Dachten sie je daran, dass sie Enkel haben würden, in anderen Ländern, mit anderen Muttersprachen?

Ich bin spät dran. Gleich werden vom Rathaus die Busse zum jüdischen Friedhof abfahren. Sie biegen schon aus dem Parkplatz, ich deute dem Fahrer, mich einsteigen zu lassen, gehe zum nächsten freien Platz. Neben mir sitzt die Fragerin. Ich habe Sie am Vormittag gar nicht gesehen, sagt sie. Ich hab mir die Stadt angeschaut, erwidere ich. Sind Sie denn zum ersten Mal in Lodz? Ja, sage ich und erkundige mich nach den Vormittagsvorträgen. Jetzt nur keine persönlichen Themen.

An diesem Tag stehen in der Wiese vor dem Tor des jüdischen Friedhofs Plastiksessel für die Gäste aus Israel und anderen Ländern, die sich hier an die Auflösung des Ghettos Litzmannstadt erinnern. Sind die Überlebenden und die Angehörigen der Ermordeten damit einverstanden, dass Nachkommen der Täter, Mitläufer und Überläuferinnen an ihrem Gedenken teilnehmen?

Vom Friedhof machen sich die Besucher auf den Weg zum Bahnhof Radegast. Der Stadtteil, in dem der Bahnhof liegt, hieß Radogoszcz. Die Nationalsozialisten vereinfachten sich den Namen zuerst zu Radogosch, dann zu Radegast; seltsamer Name. Der altslawische Gott der Wonne, der Lust, der Freude, trug diesen Namen, schreibt Jacob Grimm, der Name kommt in den slawischen Sprachen vielfach abgewandelt vor: Radgost, Radogoszcz, Radhošť, alle Abwandlungen bezeichnen denselben heidnischen Gott. Das polnische Adjektiv rad bedeutet erfreut, freundlich; goszcz ist eine alte Schreibweise von gość, der Gast. Erfreuter Gast, könnte man den Namen des Bahnhofs übersetzen, oder: willkommener Gast. Ein perfider Zufall, meint ein polnischer Linguist, der nicht annimmt, die Nationalsozialisten hätten diesen Namen bewusst zynisch für den Bahnhof gewählt, von dem sie die Gefangenen des Ghettos Litzmannstadt nach

Kulmhof und Auschwitz-Birkenau abtransportierten. Ein Zufall auch, dass in dem Namen zusammenkommt, was die Nationalsozialisten scharf trennen wollten: die deutsche und die polnische Sprache.

Ein junger Mann, der die Fahne Israels schwenkt, geht den Besuchern voran zum Bahnhof Radegast. In roten T-Shirts laufen Sanitäter neben den Besuchern auf und ab, sie halten Wasserflaschen bereit und Mobiltelefone, mit denen sie die am Rand geparkten Rettungswagen herbeirufen könnten. Die Bäume entlang des Weges haben ihre Erinnerungen in die Jahresringe geschrieben. In den Pfützen spiegeln sich Akazienblätter und die gelben Vierecke aus den Kappen der Polizisten, die die Besucher begleiten. Vom Bahnhof Radegast fährt kein Zug mehr ab. Der Bahnhof Radegast ist ein Ort des Innehaltens geworden. Der Fahnenschwenker stellt sich neben das Bahnhofsgebäude, ab und zu bittet er jemanden für ein Foto vor die Fahne. Filmkameras sind da, halbmeterlange Objektive und Redner.

Die Redner begrüßen zuerst die Exzellenzen, die Damen und Herren, zum Schluss die anwesenden Überlebenden. Die sind zart geworden, manche übergewichtig, das Gehen fällt vielen schwer. Nach jeder Rede ein Chorlied. Die Überlebenden halten keine Reden. Eine Gedenktafel wird enthüllt, gewidmet den Berliner Juden und Jüdinnen, die ins Ghetto Litzmannstadt verschleppt wurden. Ein Käfig wird geöffnet. Weiße Tauben hockten drin gepfercht, jetzt sind sie frei, kreisen aufgeregt über den Besuchern, ein schwarzer Vogel jagt durch den Schwarm. Im Gras sitzt eine schwangere Frau, umringt von Sanitätern. Die Ehrengäste gehen zu den Limousinen, die Überlebenden werden zu Autos oder Bussen begleitet.

Am Abend treffen sich die Tagungsgäste aus Berlin und Wien, aus Warschau und Lodz. Ein Glas in der Hand balancieren sie ihre Teller vom Buffet zu einem Platz, an dem sie essen und plaudern können. In der Nähe des Buffets bilden sich Grüppchen, reden durcheinander Polnisch, Englisch, Deutsch, lachen, prosten einander zu, tauschen Visitenkarten aus. Das Gespräch mit einer Lodzer Lehrerin kommt auf den Namen der Schule, die Jad besuchte. Diese Schule kenne die Lehrerin, ihre Mutter sei dort gewesen. Die ehemaligen Schülerinnen träfen einander immer noch alle paar Jahre. Ob Jad nicht zum nächsten Treffen kommen wolle? Jad wird nicht mehr nach Lodz kommen, vielleicht werde ich wiederkommen.

Aus einem der Grüppchen beim Buffet löst sich die Fragerin und geht auf mich zu. Wie hat es Ihnen in Lodz gefallen? fragt sie und wartet meine Antwort nicht ab. Gestern konnten wir unser Gespräch leider nicht fortsetzen, sagt sie, erzählen Sie doch noch etwas über Ihre Lodzer Familie. Waren sie polnisch oder deutsch? Heute bin ich vorbereitet auf ihre Frage und versuche, meine Stimme ruhig zu halten. Sie waren deutsch, sage ich.

Sie waren deutsch, sage ich und verleugne mit dieser Antwort Jads erstes Land, ihre Muttersprache, die Sätze, die sie mit Magdalena und Frantzek gewechselt hat, Jads polnische Worte, auf die sie sich zum Schluss, verwirrt, zurückgezogen hat. Ich verleugne meinen Großvater Anton, der als polnischer Mann jung gestorben ist. In Lodz lebten nicht nur Jad und ihr Hund Chrapek. Die Nationalsozialisten lebten in Litzmannstadt. Magdalena ist übergelaufen auf die deutsche Seite, Jad ist mitgelaufen. Kein Haar wurde ihnen gekrümmt.

Ihre Entscheidung und ihr Schweigen sind mein Erbe, es entscheidet über meine Antwort.

Theologen hätten für meine Hintergedanken ein Wort parat: restrictio mentalis – ein stiller, nur in Gedanken gemachter Vorbehalt: Ich erkläre nichts. Würde nicht jeder Hinweis auf die polnische Seite klingen, als wolle ich Jad herausreden. Woraus herausreden? Würde nicht jedes weitere Wort sagen, ich wolle beschönigen? Was beschönigen? Würde nicht jede andere Antwort den Verdacht erwecken, ich wolle mich aus meiner Geschichte stehlen? Ist denn Jads Geschichte im Warthegau auch meine Geschichte?

Sie waren deutsch, sage ich. Und woher stammt Ihre Familie? Die Fragerin sagt: Ich bin jüdisch, über meine Familie möchte ich nicht sprechen. Wieder verstumme ich. Kein Wort kommt mir in den Sinn, an das wir uns gemeinsam lehnen könnten. Śmierć kam aus dem Polnischen ins Deutsche. Im Polnischen blieb śmierć der Tod, im Deutschen wurde daraus der Schmerz.

FRANTZEK

Der Garten ist laublos, das Gras schütter, von braunen Wintersträhnen durchzogen. In die Gartenwiese ist ein Kreis gestochen, an der Kerbe fängt sich der Schatten. Auf der Kreislinie gehen vierzig Frauen in Stellung, die rechten Arme strecken sie bis in die Fingernägel zur Kreismitte, die Finger eng beinander. Jad hat den erdbraunen Mantel an wie alle, die Gürtel sind geschlossen. Im Kreismittelpunkt steht der Fahnenmast, flankiert von zwei Frauen. Die eine zieht das Seil in die Höhe, während vom Arm der anderen die Fahne gleitet und hinaufsteigt. Die Führerin stimmt das Lied an: Grüßet die Fahnen, grüßet die Zeichen, grüßet den Führer, der sie schuf. Die Frauen legen die Köpfe in die Nacken und schauen hinauf zum schlaffen Textil; ein windstiller Tag. Der Kehrreim verklingt, die Frauen verharren stramm, die Führerin spricht den Eid vor. Der Kreis spricht nach: Ich will dem Führer des Deutschen Reiches und Volkes, Adolf Hitler, unverbrüchliche Treue wahren, ich will ihm und den von ihm bestellten Führerinnen unbedingten Gehorsam leisten, meine Dienstpflichten gewissenhaft erfüllen und allen Angehörigen des Reichsarbeitsdienstes eine gute Kameradin sein.

Die Führerin ruft Jad bei ihrem Namen. Jad tritt vor, streckt den Arm, reckt den Hals; die Mundwinkel ziehen abwärts, der Blick geht geradeaus zur Führerin. Eine Gehilfin hält ein Tablett mit trachtig runden Broschen. Die Führerin nimmt eine Brosche vom Tablett, heißt Jad den Arm senken und den Mantelkragen öffnen. Die Führerin steckt Jad die Brosche vorn in den

Blusenkragen. In der Mitte der silbrigen Brosche liegt das Hakenkreuz über einer Ähre, rundherum Worte: Reichsarbeitsdienst Weibliche Jugend. Die Führerin hat ein freundliches Gesicht. Die Brosche sitzt, Jad geht rückwärts auf die Kreislinie, die Führerin ruft die Nächste zur Brosche. Wegtreten, ruft schließlich die Führerin, die Frauen lassen die Arme sinken, Jad schlendert auf das Haus zu, das zum Garten gehört. Das Haus mit dem Garten heißt Lager, ist aus Ziegeln gebaut, weitläufig, mit zwölf Schlafräumen für die Kameradinnen; die Führerin und ihre Stellvertreterin haben Einzelzimmer.

Seit Jad im Lager mit den Kameradinnen den Schlafraum teilt, kommt Tata im Traum nicht mehr zu ihr, auch Babka zeigt sich nachts nicht mehr. In der Garderobe hängt Jad den Mantel auf den Haken, über dem ihr Name steht. Im Speisesaal versammeln sich die Kameradinnen zur Unterweisung.

Ich heiße euch in unserem Lager des Reichsarbeitsdienstes willkommen, sagt die Führerin. Jetzt seid ihr Arbeitsmaiden, Rädchen in der Maschine unserer Volksgemeinschaft. Wir werden miteinander arbeiten, lernen, fröhlich sein. Wie die Männer im Feld, sind auch wir täglich aufeinander angewiesen. Unsere Gemeinschaft ist eine Kameradschaft der Anständigen. Eure Zuversicht und euer Frohsinn sollen ausstrahlen in die Familien, in die ihr kommt. Euer Dienst ist schlichter Hilfsdienst, ihr seid berufen, der Deutschen Mutter ein Vorbild zu sein. Gesundes Zusammenleben bestimmt unsere Lagergemeinschaft. Wir dulden weder Miesmacher noch Meckerer, keine Zweifler oder Besserwisser. Unsere Tugenden heißen Gehorsam und innere Zucht. Als zukünftige Lebenskameradinnen der

Deutschen Männer sollt ihr die Sorgen und Nöte des Deutschen Volkes kennen. Wir wollen jede Woche hart arbeiten. Sonntags werden wir fröhlich sein, singen, volkstanzen, basteln und erzählen. Am Ende eurer Dienstzeit werdet ihr dieses Lager als pflichttreue, fröhliche Mitglieder der Deutschen Volksgemeinschaft verlassen. Wo ihr seid, soll die Sonne scheinen.

Jad ist mit zehn Kameradinnen zum Innendienst eingeteilt, die Wirtschaftsgehilfin gibt Anweisungen: Wie wir täglich ein Zimmer reinigen – möglichst viel Kraft, Zeit und Material sparen. Wie wir die Schuhe putzen – Sohlenpflege nie vergessen. Wie wir Kartoffeln schälen – Kampf dem Verderb, Schälverluste so weit wie möglich hintan halten. Wie wir den Tisch decken – das Auge isst mit. Auf stets saubere Tischwäsche ist zu achten, Blumen gehören auf den Tisch, Blattgrün auf die Platten. Wie wir den täglichen Abwasch erledigen – wir halten das Geschirr in der linken Hand und waschen mit der rechten. Eine Kameradin kichert. Da gibt es nichts zu lachen, sagt die Wirtschaftsgehilfin, ihr dürft hier von der Pieke auf lernen; jeden Arbeitsschritt machen wir uns einmal so richtig klar, bis er uns in Fleisch und Blut übergeht und sitzt. Jad schreibt die Anweisungen in ihr Heft, die Führerin sieht es am Ende der Woche durch, gelungene Mitschriften hakt sie mit dem Rotstift ab. Manchmal schreibt sie Worte neben den Haken: Weiter so, Jad!

Mit den Kameradinnen fegt Jad die Räume, schrubbt die Böden, putzt Fenster; Schulter an Schulter schälen sie Kartoffeln, Hüfte an Hüfte putzen sie Schuhe, Froh zu sein bedarf es wenig, Froh zu sein im Kanon beim Tischdecken, die Kameradinnen entwerfen die Speisepläne und wetteifern nach dem Umstechen im Garten um den saubersten Spaten. Gemeinsam marschieren die Kameradinnen entlang der Bahntrasse, fröhlich in Reih und Glied rücken sie mit den Fahrrädern aus zur Militärparade auf dem Hauptplatz, lachend kehren sie ins Lager zurück, stellen die Räder ab in Reih und Glied, binden die Schürzen um, im Speisesaal sprechen sie gemeinsam den Tischspruch. Mit mir ist gut Kirschen essen, sagt Jad, aber nur süße; sie steht in der ersten Reihe, gibt gern ein Kommando, drückt sich vor keiner Arbeit, zwischen den Kameradinnen stemmt sie die Fäuste in die Hüften und lacht.

Meine Schwester Jad war fünf, als unser Vater starb. Er hieß Anton, wir nannten ihn Tata. In unserer Wohnung in Lodz waren in jedem Zimmer Fotos von ihm. Magdalena und Jad machten ein Album für ihn. Wenn ich brav war, durfte ich es anschauen, Jad blätterte die Seiten um. Tata hatte Jad zu ihrem fünften Geburtstag aus der Kur einen Brief geschickt. Der Brief ist Polnisch geschrieben, wir sprachen zuhause Polnisch. Jad stellte den Brief in einem Rahmen auf ihr Nachtkästchen.

Nach Tatas Tod eröffnete Magdalena ihre Schneiderei. Sie brachte uns in der Früh zu Magdalenas Eltern, Oma Józefa und Opa Juliusz. Später brachte Jad mich hin und kam nach der Schule zurück, Oma Józefa hatte gekocht. Sie kochte und sprach Polnisch, Opa Juliusz antwortete Deutsch, er hätte auch Polnisch antworten können, er beherrschte es genauso gut wie Deutsch. Jad und ich begannen einen Satz auf Polnisch und beendeten ihn Deutsch, oder umgekehrt, der Mischmasch war lustig. Opa Juliusz war das zu bunt, er wollte von uns ganze deutsche oder ganze polnische Sätze. Nach dem Mittagessen ging Jad mit mir nach Hause. Magdalena kam abends aus der Schneiderei zurück, sie machte nicht viele Worte. Abends kam Babka oft vorbei, sie wohnte in der Nähe und erzählte Geschichten, wir vergaßen dann, dass Tata tot ist. Babka war unsere andere Großmutter, Tatas Mutter, sie hatte ein Modengeschäft. Babka war aus St. Petersburg nach Lodz gekommen und behauptete, sie habe ihr Lodzer Geschäft mit Schmuggelgeld erwirtschaftet. Bitte, die Geschichte mit den Rössern, bettelten wir, bis sie erzählte, wie sie vor dem Antritt jeder Schmuggeltour die Seiden in Wachspapier eingerollt hat. In einem Wäldchen vor der Zollstation hätte sie Halt gemacht und die Seidenrollen in die Hintern der Pferde gesteckt. Kein Zöllner hätte je etwas bemerkt. Jad sagte, sie habe Babka genauso gern wie Tata.

Jad lernte gut, Magdalena nähte die Schuluniform mit Matrosenkragen; Jad durfte aufs Gymnasium gehen – in Deutsch musst du die Beste werden, sagte Magdalena. Das Gymnasium war teuer. Magdalenas Schwester lebte in Amerika, sie versprach, das Schulgeld zu zahlen. Aus Amerika kam aber kein Geld, und Magdalena übernahm mehr Aufträge.

Jad wollte Gartenbauarchitektin werden. Sie hatte früh ihre Ideen. Oft sagte sie, sie wolle später einmal in einem Ort leben, wo im Frühjahr Schnee auf den Bergen liegt und im Tal alles blüht. In der Lodzer Gegend stehen im Sommer Wolkentürme, da sind Ebenen, Felder, Wiesen, Wald, kein Berg unterbricht den Himmel.

Ich kam in die Grundschule, fünfzig Kinder in einer Klasse, der Tisch der Lehrerin stand auf einem Podest, auf dem Tisch standen das Tintenfass und die Löschpapierwiege. An der Wand hing das Porträt des Generals, der Landesvater. Zu seinem Geburtstag sangen wir die polnischen Lieder für unseren General.

1937 bringt Mama einen Mann zum Abendessen mit nach Hause, er heißt Deutsch. Er schaut sich in der Wohnung um, als wolle er etwas kaufen. Wer ist der Mann auf den Fotos? fragt er. Jad schaut Magdalena an und sagt zu Herrn Deutsch: To nie powinno Pana nic obchodzić. Das geht Sie nichts an. Jad steht grußlos vom Tisch auf und geht ins Schlafzimmer. Das wird sich ändern, Magdalena, sagt Herr Deutsch. Er kam am nächsten Abend wieder und am nächsten, dann blieb er über Nacht.

Magdalena räumte Tatas Fotos weg und wurde schwanger. Jad weinte abends im Bett und wollte nicht mit mir reden. Sie nahm Tatas Brief aus dem Rahmen und versteckte ihn. Babka besuchte uns nicht mehr.

Im nächsten Jahr kommt Magdalenas Kind auf die Welt und Herr Deutsch sagt, Jad sei jetzt alt genug, Geld zu verdienen. Magdalena meldet Jad vom Gymnasium ab. Jad beginnt eine Lehre in der Bank und geht nach der Arbeit oft zu Babka. Babka hatte einen Garten mit einem kleinen Holzhaus. Jeden August verbrachte Jad mit Babka im Garten.

Der Karfiol ist reif, sie ernten Zwetschken, die Malven blühen. Sie klappen die Liegestühle in die Wiese. Jad erzählt von Herrn Deutsch, von den öden Stunden in der Bank, von der Wiege in der Schneiderei. Babka macht die Ohren weit und das Herz. Komm uns doch wieder einmal besuchen, sagt Jad, komm zu meinem Geburtstag. Ja, ich werde kommen, aber jetzt lass mich ausruhen, sagt Babka und schläft ein. Jad steht auf und legt sich in die Hängematte, schaukelt, malt sich in den Gewitterwolken Drachen und Zwerge, spuckt Zwetschkenkerne ins Gras. Die Luft drückt. Ein Schatten fällt auf Babkas Liegestuhl, ihr Kopf ist zur Seite gesunken, seltsam gesunken. Babka, ruft Jad leise, Babka, drängender, schläfst du? Jad steigt aus der Hängematte, kniet sich neben Babka, nimmt ihre Hände. Babka wird nur noch in Jads Träumen auf Besuch kommen. Babka stirbt im August 1938.

Später wird Jad sagen: Babka war mein liebster Mensch.

Im nächsten Herbst wurden in der Hauptstraße über der Schneiderei die neuen Fahnen aufgezogen. Ich musste nur noch bis Weihnachten zur Schule gehen, dann wurden alle polnischen Schulen geschlossen. Ich half Magdalena in der Schneiderei beim Heften und Endeln, spielte mit dem Kind, kehrte Fäden und Stoffschnipsel zusammen.

Einmal stürmt Jad in die Schneiderei, in der Hand das Fotoalbum, es ist zerfleddert. Herr Deutsch hat Tatas Fotos aus dem Album gerissen. Jad geht an diesem Abend nicht mit nach Hause, sie übernachtet bei Oma und Opa. Sie will dort bleiben, Opa Juliusz duldet das nicht, eure Weiberwirtschaft muss einmal ein Ende haben, ihr braucht eine starke Hand, sagt er. Jad bockt. Wenn sie an Herrn Deutsch überhaupt ein Wort richtet, dann auf Polnisch, weil er Polnisch in Litzmannstadt nicht sprechen will.

Ich bin mit dem Deutsch gut ausgekommen, er ist auf jede Schmeichelei hereingefallen, ließ sich leicht um den Finger wickeln, ich habe von ihm alles bekommen, was ich wollte. Jad meldete sich zum Arbeitsdienst, sie kam nach Wreschen, 150 Kilometer von Litzmannstadt entfernt. Ich habe unsere Briefe aufbewahrt.

Liebe Frantzek, wir sind eine fröhliche Kameradschaft, wir haben immer eine Hetz. Weißt du was eine Hetz ist? Ich hab das Wort von Ilse, sie kommt aus Graz und hat sich hierher gemeldet, weil sie die Welt sehen will. Ilse ist meine beste Freundin. Eine Hetz hat man, wenn es lustig zugeht.

Liebe Jad, im Mai wird Mama heiraten, komst du?

Liebe Frantzek, ich bin in Wreschen unabkömmlich und kommen hat zwei m.

Liebe Jad, Mama krenkt sich weil du ir nicht zu Hochzeit gratulirt hast.

Liebe Frantzek, wir haben hier so viel Arbeit, ich darf jetzt die Bauernkinder unterrichten. Apropos unterrichten: kränken schreibt man mit Umlaut-a, gratulieren mit langem i, ihr mit h und man schreibt: zuR Hochzeit. Es wird Zeit, dass du Deutsch lernst.

Libe Jad, sehr gehrte Frau Lererin, größte BeSSSSerwisserin unter der Sonne, wir ziehen um!

Jad hat im Gymnasium deutsche Rechtschreibung gelernt, ich hatte keinen Deutschunterricht. Als wir von Litzmannstadt in die Kleinstadt zogen, kam Jad ein Mal von Wreschen und half beim Packen. Sie sprach mit Herrn Deutsch zwar nicht mehr Polnisch, aber sie weigerte sich, ihn Du zu nennen. Als sie zurück in Wreschen war, schrieb sie mir wieder.

Liebe Frantzek, die Mädels sind alle fröhlich. Wenn eine mal Kummer hat, bringen wir sie mit einem Scherz auf andere Gedanken. Besonders die Ilse mag ich. Wir lachen so viel. Wir arbeiten die ganze Woche, aber sonntags: Volkstanz und Völkerball. Zum Volkstanz kommen auch die Jungs aus der Kaserne. Wenn das Wetter schlecht ist, machen wir Pfänderspiele, erzählen Geschichten oder basteln. Wir haben so eine Hetz.

Liebe Frantzek, bald geht meine Dienstzeit zu Ende und ich habe verlängert, Ilse bleibt auch noch. Wir wollen Kameradschaftsälteste werden, später kann ich Führeranwärterin werden. Ich bin hier so glücklich, es ist die schönste Zeit meines Lebens.

Liebe Jad, bei uns ist es auch sehr lustig. Im alten Amtsgericht hat die Wärrmacht jetzt eine Stelle für Flugauswertung, ich hab schon einige Värerer. Wenn du endlich wieder hier bist, stell ich sie dir vor, sie wollen dich kennenlernen.

Herr Deutsch bekommt den Stellungsbefehl. Er ist stolz. Die Uniform lässt er nach Maß schneidern und bürstet eigenhändig die hohen schwarzen Stiefel. Er nimmt Haltung an und marschiert zwischen den Salatbeeten auf und ab. Er ruft mich aus dem Haus, Paradeschritt üben. Wir stehen nebeneinander, er legt mir den rechten Arm auf die Schulter, mein linker Arm stützt seinen Rücken, er lehnt den Oberkörper zurück und wirft das gestreckte Bein nach vorn. Ich wanke, wir stolpern, fallen übereinander auf den Boden, die neue Uniform ist erdig. Das war sehr lustig. Herr Deutsch muss nicht an die Front, er kommt in ein Amt der Wehrmacht nah der Ostsee.

Wer sollte die Gärtnerei weiterführen? Jad müsste zurückkommen. Weggefahren war sie mit schlechter Haltung, vor fremden Leuten zog sie die Schultern nah an die Ohren und antwortete einsilbig, sie senkte den Kopf und verhakte die Beine ineinander. Magdalena hatte oft gesagt: Jad, halt dich gerade, aber Jad war schief geblieben.

Als Jad aus Wreschen zurückkommt, trägt sie im Blusenkragen die Brosche, zieht die Stiefel nicht aus, umarmt Magdalena und mich, übersieht Magdalenas Kind und geht durchs Haus wie ein Feldwebel. Sie geht übertrieben aufrecht, ihr Brustkorb hat sich geweitet, sie findet die richtigen Worte für Zofia und Gosia in der Küche. Sie öffnet die Tür zum Kontor ohne anzuklopfen, geht auf Herrn Deutsch zu, streckt ihm die Hand entgegen, begrüßt den Buchhalter und sagt: Na, dann wollen wir uns mal die Bücher ansehen. Herrn Deutsch ist das nicht recht, aber sie besteht darauf; wenn ich den Betrieb führen soll, sagt sie, muss ich die Bücher sehen. Er zeigt Jad die Geschäftsbücher, die Adressen der Kunden und Lieferanten, er spricht über Anbaupläne fürs nächste Frühjahr. Sie lässt ihn reden. Nachdem er abgereist ist, spricht sie im Haus wieder

Polnisch. Magdalena spricht mit dem Kind Deutsch. Jad nennt das Kind immer Kind. Als dem Kind der Zopf gewachsen ist, stampft es auf und sagt: Ich bin kein Kind mehr, und ich habe einen Namen. Noch kann das Kind nicht viel sprechen, und Jad hat die Idee, Nelken zu züchten.

Magdalena greift sich an den Kopf, wer braucht denn Nelken, jetzt? Die Deutschen lieben Blumen, sagt Jad, du wirst schon sehen. Als Herr Deutsch vom Nelkenplan Wind bekommt, sind die Setzlinge schon in den Beeten. Jad fährt nach Litzmannstadt und verhandelt mit den Blumenhändlern. Sobald die Nelken blühen, liefert die Gärtnerei dreimal in der Woche mit der Bahn nach Litzmannstadt. Herr Deutsch kommt auf Urlaub, schaut die Bücher durch, wendet nichts mehr ein gegen die Nelkenzucht, er sagt auch nichts, als er erfährt, Jad habe zusätzliche Felder für Nelken gepachtet. Herr Deutsch arbeitet ungern selbst, schon gar nicht, wenn er auf Urlaub zuhause ist; dass Jad die Geschäfte resolut führt, kommt Herrn Deutsch ganz gelegen. Er streitet mit Jad über das Auto, Benzin ist rationiert. Jad benutzt das Auto nur für wichtige Geschäftsfahrten. Die Nelken und das Gemüse lässt sie mit dem Pferdewagen zur Bahn liefern. Kommt Herr Deutsch auf Urlaub, fährt er mit Magdalena und dem Kind im Auto spazieren und verbraucht Benzin, das drei Monate reichen soll. Wenn Jad mit dem Auto nach Litzmannstadt fuhr, musste sie durch die Hohensteinerstraße, am Ghetto vorbei. Wir haben ja nichts vom Ghetto mitbekommen und das mit den Juden, das ist einfach nicht wahr.

Jad brachte aus Wreschen ein Fotoalbum mit, das ihr die Führerin zum Abschied schenkte. Eine Firma in Wien hat es hergestellt. Arbeit für Dein Volk adelt dich selbst, steht auf dem Einband, und über der Schrift steckt im Einband die runde Brosche mit dem Hakenkreuz über der Ähre. Auf der ersten Seite ist das Foto der Fahne, dann kommen Fotos vom Eid unter der Fahne, von der Führerin, und da ist die Ilse aus Graz, Jads beste Freundin. Die meisten Fotos knipste Jad selbst, sie hat Antons Kamera geerbt und seine Leidenschaft fürs Fotografieren. Sie schrieb deutsche Monatsnamen zu den Fotos, in Lodz hatten wir die polnischen Monatsnamen verwendet.

Als Jad aus Wreschen zurückkam, machte ich sie mit Jupp bekannt. Er stammte aus dem Reich und arbeitete in der Flugauswertungsstelle im alten Amtsgericht. Er entzifferte Fotos, die aus Flugzeugen der Wehrmacht aufgenommen worden waren. Jupp war ein Jahr älter als Jad.

Jupp nimmt Jad Huckepack, sie schwenkt die Gießkanne über seine nackten Beine; sie machen Witze und nehmen nichts übel, sie sitzen in Jads Zimmer, die Köpfe eng beinander und lesen Rudolf Bindings Reitvorschrift für eine Geliebte. Wenn Jupp dienstfrei hatte, waren sie mit den Pferden unterwegs. Jad war ausgelassen in dieser Zeit, sie strahlte, ließ mir alles durchgehen, sie pfiff bei der Arbeit, und sie lächelte, ich habe sie nie wieder so gesehen. Die Verlobung feierten sie bei uns zuhause, als Herr Deutsch keinen Urlaub hatte, Jupp schenkte ihr einen silbernen Armreif. Jupp zeichnete gut, Jad fotografierte die Zeichnungen und klebte sie ins Album: Jad neben der Palme im Wohnzimmer, unser Haus, die Scheune, der Markt mit dem Brunnen, das Wäldchen neben dem Teich hinter der Gärtnerei, Jad auf einer Bank vor den Nelkenfeldern.

Jupp wird nach Albanien versetzt, er schreibt aus Elbasan: Wenn der Krieg vorbei ist, heiraten wir. Jad wachelt mit dem Brief und trällert durchs Haus, Dein ist mein ganzes Herz. Sie will mit Magdalena und mir nach Litzmannstadt fahren, Stoff fürs Brautkleid aussuchen, Magdalena wird nähen. Irgendetwas kommt dazwischen, wir müssen die Fahrt verschieben.

Dann kam ein Brief zurück, den Jad an Jupp geschrieben hatte, Empfänger gefallen, stand auf dem Kuvert. Jad war nicht zuhause. Wir versteckten das Kuvert. Ein paar Tage später war Jad zuhause, und von Jupps Mutter kam Post: Unser geliebter Sohn verlor sein junges Leben im Glauben an Führer, Volk und Reich. Wer vor dem Feind geblieben, bleibt immer unvergessen.

Hätte Jad doch geweint. Ich wollte sie in den Arm nehmen, sie schob mich weg, mach deine Arbeit, sagte sie. Magdalena versuchte einen Satz über Jupp, Jad ging aus dem Zimmer. Sie hat seinen Namen nicht wieder ausgesprochen. Sie wollte allein sein, ich durfte sie nicht beim Spazierengehen begleiten, nicht beim Reiten; abends war sie bei jedem Wetter auf dem Pferd unterwegs. Die Arbeit erledigte sie eisern, gewissenhafter als vor Jupps Tod, sie begann zu schuften, als wollte sie sich zu Tode schinden. Sie hat sich die Schufterei nicht mehr abgewöhnt. Ich habe mich in dieser Zeit auch verlobt, wir feierten eine stille Verlobung.

Die einzigen Leute, die Jad nach Jupps Tod treffen wollte, waren seine Kameraden in der Flugauswertungsstelle. Sie erzählte nichts, wenn sie von diesen Treffen kam. Vor Weihnachten ließ sie heimlich die Pferde beschlagen. Herr Deutsch kam zum Heiligen Abend nach Hause und machte ein Theater: ob Jad das

Banner auf dem Marktplatz nicht gelesen hätte: Wir kapitulieren nie! Vorbereitung zur unerlaubten Entfernung, Fahnenflucht warf er Jad vor und drohte, sie anzuzeigen. Pferde beschlagen zu lassen war Privatleuten verboten. Jad saß ihm gegenüber, schaute an ihm vorbei, als sei er Luft. Dann sagte sie: Wenn es Ihnen nicht genügt, Polen zu quälen, zeigen Sie mich doch an, bitte, gehen Sie jetzt gleich zur Gestapo. Jad sagte das in vollkommen gleichgültigem Ton.

Bevor Herr Deutsch in sein Amt an der Ostsee zurückfuhr, schärfte er Magdalena ein, wir müssten zuhause auf ihn warten, bis er uns hole, die Kleinstadt ohne Genehmigung zu verlassen, sei Hochverrat, wie die Männer im Feld müssten wir zuhause die Stellung halten. Jad verabschiedete sich nicht von Herrn Deutsch. Wir haben ihn nicht wiedergesehen.

Kurz nach Silvester kommt Jupps Kamerad, die Front wäre in zwei Tagen vor unserer Haustür, sagt er, wir sollen so schnell wie möglich weg. Jad beginnt zu packen, sie fragt nicht, ob wir weg wollen, sie sagt nur, packt eure Sachen, wir fahren heute Nacht. Sie zieht die Lade der Anrichte auf, greift mit beiden Händen das Silberbesteck heraus und schiebt es in eine Aktentasche. Magdalena und ich waren daran gewöhnt, dass Jad sich um alles kümmert, sie hat gut für uns gesorgt, während Herr Deutsch nicht zuhause war, unseren Finanzminister nannten wir sie. Als Jad aber das Besteck aus der Lade greift, lehnt sich Magdalena auf, Tränen, Streit. Was wird mit Oma Józefa und Opa Juliusz, jammert Magdalena, wir müssen sie doch erst holen aus Lodz. Mama, es ist Krieg, sagt Jad und bricht das Gespräch ab.

Sie breitet Landkarten auf den Tisch, Wehrmachtskarten, sie sagt nicht, wie sie an die Karten gekommen ist, sie sagt nicht, welchen Weg wir nehmen. Jad packt wenig Kleidung ein, aber die Fotoalben und ein Bändchen Rudolf Binding. Sie bindet weiße Geschirrtücher an das Verdeck des Wagens und an die Deichsel. Man wird jetzt weiße Fahnen brauchen, sagt sie. Gegen Mitternacht öffnet sie das Hoftor, dann kommt sie herein, Magdalena sträubt sich, weint, Jad schiebt sie aus dem Haus und auf den Wagen. Jad geht zurück ins Haus, weckt das Kind, zieht es an und bringt es Magdalena auf den Wagen. Jad lenkt das Gespann aus dem Hof, schließt nicht das Hoftor hinter uns.

Nach der Flucht war es Jad allein, die Magdalena, das Kind und mich durchbrachte. Als mein Verlobter aus der Gefangenschaft zurückkam, heirateten wir in Ischl, zogen nach Mecklenburg, in die Ostzone, mein Mann bekam dort eine gute Stellung. Nachdem die Mauer gebaut worden war, konnte ich Jad nicht mehr besuchen. Sie kam alle zwei Jahre zu uns. Bei einem Besuch brachte sie mir die Fotoalben, die sie auf die Flucht mitgenommen hatte: Bewahr sie für mich auf.

Jad betritt die Freikirchliche Gemeinde. Im Saal sind beim Präludium die geistlichen Geschwister versammelt, viele tragen Fluchtgeschichten unter ihren Sonntagskleidern, Vertreibungsgeschichten auch, das Gesangbuch haben sie auf dem Schoß. Wie Jad sprechen sie Deutsch nach der Schrift, das macht sie kenntlich als Fremde, scheel beäugt von Nachbarn, willkommen geheißen bei den Freikirchlern. Jad erwidert links und rechts das Nicken und Winken, geht durch die Saalmitte über den roten Läufer nach vorn. Sie trägt dunkle Halbschuhe, einen wadenlangen Faltenrock und eine schwarze Weste, der Bubikragen und die Manschetten blitzen weiß. In der ersten Reihe ist ein Platz für Jad. Sie faltet die Hände und liest die Schrift unter dem Kreuz an der Stirnwand: Jesus Christus – Gestern Und Heute Und Derselbe Auch In Ewigkeit. Zimmerpflanzen schmücken das Podium. Der Prediger lässt den Gottesdienst mit einem gemeinsamen Lied beginnen, die Harmoniumspielerin bringt die Gemeinde mit dem Vorschwung ihres Oberkörpers in Takt: Du hast mich, Herr, zu Dir gerufen, gib meinem Leben Kraft und Freude. Nach der Predigt tritt der Prediger vor das Rednerpult, breitet die Arme aus und ruft Jad bei ihrem Namen aufs Podium. Liebe Jad, sagt der Prediger, Gott hat deine Schritte in unsere Gemeinschaft gelenkt, du hast den Herrn Jesus als deinen Heiland angenommen und um die Aufnahme in unsere Gemeinde gebeten. Bist Du bereit, Zeugnis deines Glaubens abzulegen? Ja, antwortet Jad. Der Prediger faltet die Hände und sagt, so beantworte meine Fragen: Glaubst du, dass Jesus Christus für deine Sünden gestorben ist? Ja. Bist du wiedergeboren im lebendigen Glauben? Ja. Willst du den Befehlen deines Herrn Jesus Christus gehorchen?

Ja. Willst du dich der Zucht unserer Gemeinde in freudigem Gehorsam beugen? Ja. Warum möchtest du in unsere Gemeinde aufgenommen werden? Ich war eine Sünderin, sagt Jad, in Zukunft möchte ich Jesus Christus nachfolgen und ihm mein Leben weihen. Liebe Jad, Jesus Christus spricht: Wer mir nachfolgen will, verleugne sich selbst, nehme sein Kreuz auf sich und folge mir. Du bist gestorben in Jesus Christus, sagt der Prediger, und auferstanden zu neuem Leben. Wir heißen Dich als Schwester in Christo willkommen.

Der Prediger hatte vor seiner Bekehrung, im noch nicht angeschlossenen Österreich, zu den noch illegalen Nationalsozialisten gehalten. Jesus verzeiht ihm, der Dienstgeber entlässt ihn aber nach dem Krieg aus dem Staatsdienst; ein Wink Gottes, aus dem öffentlichen Dienst in den Hirtendienst zu wechseln. Pastoren sind rar in diesen Jahren, die Gemeinde ist dankbar für den Mann, dem der Herr die Gabe der Rede verliehen hat. Lobet den Herrn, der alles so herrlich regieret.

Nach dem Lied lädt der Prediger die Brüder und Schwestern ein, das Brot zu brechen: In der Nacht da er verraten wurde. Nehmet und esset! Freikirchler brechen echtes Brot, Weißbrot. Freikirchler lassen sich keine Oblate, wie sie, zum Leib Christi erstarrt, in Lodz bei der Erstkommunion an Jads Gaumen picken geblieben ist, auf die Zungen legen. Die Erstkommunionskirche in Lodz roch nach Weihrauch, Freikirchen sind geruchlos, abgesehen vom Geschwisterschweiß.

Bekehrung, das heißt, eine andere werden: Ich trat in mein Innerstes ein, sagt Augustinus, ich trat ein und sah mit dem Auge meiner Seele ein unwandelbares Licht, das Licht der Gewissheit, und alle Schatten des Zweifels waren verschwunden. Saulus war auf dem Weg nach Damaskus, als ihn plötzlich ein Licht vom Himmel umstrahlte, danach war Saulus drei Tage blind, aß nicht und trank nicht. Ich habe Jad nie gefragt, ob sie ein Licht gesehen habe und blitzartig, oder ob ihrer Bekehrung ein längeres Hin- und Hergerissensein zwischen Welt und Reich Gottes vorausgegangen war. Jad vermauert ihr erstes Leben. Hinter der Mauer bleiben Jupp, die erdbraune Uniform und der Eid auf den Führer. Eine Bekehrung zieht die alte Haut ab, verwandelt Lebensjahre in ein leeres Blatt. Jads Bekehrungsort war Bad Ischl.

Jeden Sommer meiner Kinderjahre verbrachte ich in Bad Ischl mit Matti, Fau und Jad, ihr Dirndl hatte das gleiche Muster wie meines, wir gingen über den Wochenmarkt, und sie griff nach meiner Hand, wenn wir uns der Traun näherten. Ich war jahrzehntelang nicht in Bad Ischl, erst nach Jads Tod fuhr ich wieder hin. Bad Ischl wurde 1940 zur Stadt erhoben, und aus Lodz wurde Litzmannstadt. An der Traun wehten die gleichen Fahnen wie am Ner. In Bad Ischl endeten Jads Geschichten von der Flucht. Diese Geschichten weiß ich auswendig, Jad erzählte sie wieder und wieder.

Ich fragte Jad, ob sie vor der Flucht je aus Polen herausgekommen sei?

Wer hätte denn reisen können, mitten im Krieg, erwiderte sie.

Zu Jads Lebzeiten kam ich nicht auf den Gedanken, an diese Antwort Zweifel zu heften.

Nach Jads Tod schickte mir Frantzek aus Mecklenburg Jads Briefe und Fotoalben: Meine Reisen, steht auf einem Einband. 1943: Jad in Wien, Jad vor der Gloriette, vor dem Riesenrad, vor dem Michaelertor, Jad in der Oper: Iphigenie in Aulis. Hilde Konetzni singt die Iphigenie: Ist denn wahr, was sie sagt? Am nächsten Tag Jad in Grinzing – lachend lässt sie sich dort fotografieren. Von wem?

Aus Wien schreibt Jad an Frantzek im Warthegau: Schick die Filme von Tante Ira, dringend, Postadresse weiterhin Pfeiffer, 6. Bezirk.

Wer ist Tante Ira, wer ist Pfeiffer? Was hat Jad in Wien gemacht, mitten im Krieg? Warum bekam sie eine Reiseerlaubnis? Woher hatte sie das Reisegeld?

Die Gärtnerei in der Kleinstadt sei nur ein Nebenverdienst gewesen, hatte Jad einmal nebenbei erwähnt. Als ich nach der Haupteinnahmequelle der Familie fragte, gab sie keine Antwort.

1944: Jad in Graz bei Ilse, der Kameradin vom Reichsarbeitsdienst. Jad schreibt Ansichtskarten an Frantzek: Liebe Frantzek, mit Ilse ist es immer dasselbe: Wir haben so eine Hetz. Morgen fahren wir in die Berge. Bad Ischl ist unser Ziel. 1945: Jad wohnt am Fuß der Katrin. Bad Ischl ist von Bergen umgeben, die Gipfel sind schneebedeckt, wenn es im Tal schon blüht.

Gott hat uns nach Bad Ischl geführt, ich kannte diesen Ort vorher nicht.

Diesen Satz hörte ich von Jad, so lange sie lebte. Erst seit ich die Briefe und Fotoalben kenne, die Frantzek schickte, misstraue ich diesem Satz. Die Fotos erzählen eine andere Geschichte. Aber die Fotos lüften das Muttergeheimnis nicht. Weder die Briefe noch die Fotos erklären, warum und wozu Jad eine andere Geschichte erzählte, als die, die sie erlebt hat. Ich fragte Frantzek nach Jads Kriegsreisen. Frantzek antwortete fast spöttisch: Wenn deine Mutter das nicht erzählte, hatte sie ihre Gründe. Jad hat ihre Geheimnisse in den Tod mitgenommen. Die Geheimnisse ketten mich an sie. Nur für Augenblicke erkenne ich die Lächerlichkeit meines Suchens, will mich losreißen, will nicht mehr Tochter sein. Ich beneide Matti, der so tut, als hätte er weder Vater noch Mutter und sich über meine Suche – wonach? – lustig macht. Doch nun bin ich in Bad Ischl, und wie bei jeder meiner Suchreisen, die ich nach Jads Tod unternommen habe, sage ich mir: nur noch diese eine Reise. Dann keine Suche mehr nach Jad, nach ihrem Leben, verschwiegen unter der Staubzunge. Eine Suchsucht.

Also, ein Mal noch, diesmal Bad Ischl, hier spielte Jads Geschichte von der Flüchtlingsweiterleitungsstelle.

1945 im Mai richtete Bad Ischl die Flüchtlingsweiterleitungsstelle ein und suchte Leute, die dort ohne Bezahlung arbeiteten. Jad bewarb sich und wurde genommen. In Jads Büro kamen gebürtige Ischlerinnen, die während des Krieges Reichsdeutsche geheiratet hatten. Wenn diese Männer gefallen waren, durften ihre Witwen als gebürtige Ischlerinnen Aufenthalt in Ischl beantragen. Waren die Männer aber vermisst, durften die Frauen nur dann in Ischl bleiben, wenn sie sich scheiden ließen. Lieben Sie Ihren Mann oder lieben Sie Ihre Heimat, hieß es. Wollten sich die Frauen der Vermissten nicht scheiden lassen, mussten sie in die Heimatgemeinden ihrer Männer übersiedeln. Ischl hat seine Töchter zu Fremden erklärt. Die Frauen waren verzweifelt. Damit sie Zeit gewinnen, stellte Jad ihnen kurzfristige Aufenthaltsgenehmigungen aus und verlängerte diese immer wieder.

Im Ischler Rathaus hat die Stadtarchivarin von der Flüchtlingsweiterleitungsstelle noch nie gehört und ruft einen Kollegen an: die alten braunen Holzkisten, beim Umbau, gell, da ist nichts mehr. Die Archivarin legt den Hörer auf. Sie wisse nicht, wo die Sachen hingekommen seien, sagt sie. Fotos besitze das Atelier Hofer, und das Meldeamt habe vielleicht noch die alten Meldezettel.

Im Meldeamt frage ich nach Jad, Frantzek, nach Magdalena und dem Kind. Der Beamte öffnet einen Aktenschrank, blättert in den Karteikarten, sagt: Nein, blättert, Nein, blättert schneller: Nein, Nein, Nein. Diese Namen haben wir nicht, sagt der Beamte. Flüchtlingsweiterleitungsstelle? Davon habe er noch nie gehört. Bad Ischl hat die Flüchtlinge aus seiner Stadtgeschichte entlassen.

Wenn Jad von den Flüchtlingen sprach, mit denen sie in Ischl beruflich zu tun hatte, vergaß ich, dass Jad selbst Flüchtling war. Die Flüchtlinge, sagte sie, haben mir Gold und Silber angeboten für eine Aufenthaltsbewilligung in Ischl, ich hätte reich werden können. Ich habe nichts genommen, kein Stück Schmuck, kein Stück Speck, ich habe mein Leben lang rechtschaffen gearbeitet. Die Gablonzer Glasbläser bettelten um Aufenthalt in Ischl. Aber die Ischler sagten, wir sind ein Kurort, wir brauchen keine Glasbläser. Die Ischler wollten die Flüchtlinge und Fremden so schnell wie möglich loswerden, Ischl brauchte Platz für zahlende Gäste.

Das Atelier Hofer am Ischler Kreuzplatz hat schon in der Kaiserzeit Ansichten der Stadt fotografiert und besitzt ein Archiv. Ich frage nach Fotos aus den Ischler Nachkriegsjahren. Das Archiv wäre nicht einsehbar, nur wenn ich ein Bild genau beschreiben könne, sei es möglich, einen Abzug zu bestellen. Mir fällt eine Szene ein, die Jad erzählte: Anfang Mai 1945 stehen auf der Kuppe der Grazer Straße zwei amerikanische Soldaten, von oben kommt ein Trupp Soldaten in Wehrmachtsuniformen, offene Krägen, die Schulterstücke sind heruntergerissen, Gewehre haben sie noch. Die Amerikaner halten die Soldaten an, nehmen ihnen die Gewehre ab, zerbrechen jedes einzelne Gewehr, zack, an einem Mäuerchen, zack. Da liegt dieser Haufen zerbrochener Gewehre, fast einen Meter hoch. Ich erfahre, so ein Bild sei im Archiv Hofer nicht vorhanden.

In der Nähe der Grazer Straße war ein Lager für Kriegsgefangene. Auch das wusste Jad. In Polen hatte sie bis 1945 ihre ersten 22 Jahre verbracht, konnte mir aber nur bruchstückhaft erzählen, was in ihrem Wohnort während der Kriegszeit geschehen war und was sie in dieser Zeit erlebt hatte. Als Flüchtling in Bad Ischl wusste sie schon nach kurzer Zeit Bescheid und sagte mir: Die Männer in dem Kriegsgefangenenlager, die hatten für uns, für die deutsche Seite gekämpft. Denen haben wir manchmal etwas zum Essen über den Zaun geworfen und alte Männersachen. In Zivilkleidung gelang es manchen Gefangenen, aus dem Lager zu verschwinden. Aber vor den KZlern, sagte Jad dann, die halbverhungert aus diesem Lager in Ebensee kamen, vor denen habe sie Angst gehabt. Ich war verwundert, dass sie mit ehemaligen Häftlingen aus dem Konzentrationslager Ebensee in Kontakt gekommen war. Die liefen ja überall frei herum, sagte sie, die haben sich völlig unberechenbar verhalten, haben geplündert, man wusste nicht, ob das Verbrecher sind. Diese Leute seien voller Rache gewesen. An der Ischlerstraße, erzählte Jad, zwischen Ebensee und Ischl, wurde ein hohes Monument errichtet, das man schon von weitem sehen konnte. Auf dem Monument stand: Zur ewigen Schmach des deutschen Volkes. Schrecklich, sagte Jad, zum Glück wurde das nach ein paar Jahren gesprengt.

Über Bad Ischls Schattenjahre finde ich im Stadtmuseum keine Spur, zwischen den Republiken hatte Ischl keine Jahre. Das Museum zeigt Fotos der Operettenstars, nennt die Namen und erklärt nichts, verschweigt, wer von ihnen verschleppt, wer im KZ ermordet wurde, wem die Flucht gelang. Die Erinnerung an die Zeit zwischen den Republiken verlagert Ischl nach Ebensee. In Bad Ischl verweist das Wort Stollen nicht wie in Ebensee auf ein ehemaliges Bergwerk mit Zwangsarbeitern. Ischler Stollen bereiten Konditoren mit Schokolade zu. Bad Ischl bleibt Sommerfrische, bleibt Trachtenstadt, bleibt Kurstadt, bleibt Kaiserstadt. Das Stadtmuseum lässt die Ischler Geschichte 1916 enden. Posthum erscheint mir Jad wie eine echte Ischlerin.

Nachdem sie einige Jahre in Bad Ischl gelebt hatte, wollte sie nach Nordamerika auswandern. Sie bekam die Einreiseerlaubnis, aber sie blieb unschlüssig. Eines Tages habe sie blindlings die Bibel aufgeschlagen, erzählte sie mir, und ihr Blick sei auf den Satz gefallen: Bleibe im Lande und nähre dich redlich. Zwei Wochen später habe sie Fau kennengelernt.

Jad war fast dreißig, als sie Fau kennenlernte. Schon in meinen frühen Jugendjahren wollte ich wissen, mit wem Jad befreundet war, bevor sie Fau kennenlernte. Ich konnte nicht glauben, dass Jad sich erst so spät zum ersten Mal verliebt hatte.

Für solche Späße hatten wir keine Zeit, antwortete sie.

Bad Ischl war Jads Hochzeitsort. Jad heiratet nicht in eine Familie – Fau hatte die Beziehungen zu seiner Familie abgebrochen, als er von der katholischen zur evangelischen Seite des Christentums wechselte –, doch die Hochzeit beschert Jad den Namen seiner Familie und eine neue Staatsbürgerschaft. Jad heiratet in ein geistliches Amt ein, sie ist kein Flüchtling mehr, sie hat die Sprache gewechselt und die Religion, sie wird Frau Pastor Röhricht, und der Talar ihres Gatten tarnt auch sie. Nicht Pastorin wird Jad – in den fünfziger Jahren lassen die Freikirchler Frauen noch nicht auf ihre Kanzeln –, sondern Frau Pastor. Die Pfarrgemeinden entlohnen Fau als Pastor und bekommen zusätzlich unentgeltlich Jads Arbeitskraft. Die Frau Pastor bezieht kein Gehalt, sie hat weder geregelte Arbeitszeiten noch ein Versteck, denn das Pfarrhaus ist nicht nur Wohnung des Pastors, sondern auch dessen Amtssitz. In solch ein Pfarrhaus, weit weg von Bad Ischl, zieht Jad nach der Hochzeit.

Jads erstes Leben war polnisch, katholisch, ohne Führer. Fände ich weitere Spuren ihres ersten Lebens, verstünde ich vielleicht ihre Heimlichkeiten. Ich werde aufhören, Tochter zu sein. Doch ein Mal noch fahre ich nach Lodz.

Die ehemaligen Schülerinnen der katholischen Privatschule, die Jad in Lodz besuchte, treffen sich alle paar Jahre in Lodz. Die Schule war bekannt für ihre strenge Erziehung in polnisch patriotischem Geist, vor allem Töchter der Fabrikanten und Offiziere besuchten die MHG – so kürzten Lodzer den Schulnamen ab: Miejska Hodowla Gęsi, Städtische Gänsezucht. Zu den Treffen im Kloster der Schulgründerin reisen ehemalige Schülerinnen aus ganz Polen, manche aus Frankreich, Kanada und Nordamerika. In Deutschland leben wohl auch noch einige, ihre Adressen kennt der Schulverein nicht. Die Ehemaligen stehen in der Eingangshalle des Klosters vor einer Vitrine, zeigen auf die Zeugnisse, die darin liegen, auf die Schuluniform und die Fahne ihrer Schule. Die Fahne ging bei der Auflösung der Schule verloren, die Ehemaligen haben eine neue genäht und bestickt.

Ich gehe hinter ihnen her ins Refektorium, in dem kleinen Raum sind Tische und Sessel eng zusammengerückt. Wie hier eine Schulkollegin Jads finden, zwischen Kostümen und hochgeschlossenen Blusen, neben elfenbeinverzierten Gehstöcken, unter Gold- und Perlenketten, Anstecknadeln und Handtaschen? Wie mich überhaupt bemerkbar machen?

Bemerkbar macht sich mit einem Tischglöckchen der Bischof. Er segnet das Zusammensein, begrüßt die Altbekannten und fragt nach neuen Gästen. Ich stelle mich vor, gebe ein Jugendfoto von Jad in die Runde, nenne

Jads Mädchennamen und das Jahr ihrer Geburt. Die Damen schauen das Foto an, reichen es der Nachbarin, betrachten mich, flüstern.

Neben mir sitzt eine zierliche Dame und fragt, ob ich Französisch, Englisch oder Deutsch sprechen wolle, oder Polnisch? Deutsch, wenn es ihr nichts ausmache. Die alten Zeiten sind vorbei, sagt sie, wir können uns gerne auf Deutsch unterhalten, ich bin Pani Tereza. In Polen siezt man einander mit Vornamen, Frau Tereza. Sie fragt noch einmal nach Jads Geburtsjahr, und welche Fremdsprachen hat sie denn gelernt? Jad sprach Deutsch, Polnisch und manchmal Englisch, welche Fremdsprachen sie in der Schule lernte, weiß ich nicht. Pani Tereza fragt: Warum kam Ihre Mutter nach dem Krieg nicht nach Lodz, sie hätte ihre Klassenkameradinnen wiedersehen können? Jad kam nur noch einmal nach Lodz, sage ich, sie wollte danach nicht wieder herfahren, sie nannte keinen Grund. Ihre Großmutter lebte nach dem Krieg in Lodz, sie hieß Józefa, Józefa Pinkowski.

Da wendet Pani Tereza ruckartig den Oberkörper zu mir, wendet sich mir ganz zu und wiederholt, Pinkowski?

Ja, Pinkowski.

Sie meinen Pinkowska, sagt Pani Tereza, im Polnischen führen Frauen den Familiennamen in weiblicher Form. Ich hatte einen Schüler, der Pinkowski hieß.

Sie waren Lehrerin?

Pani Tereza sagt, sie konnte die Matura noch ablegen, bevor die polnischen Schulen geschlossen wurden. Während der Okkupation habe sie im Untergrund unterrichtet, jede Woche in einer anderen Wohnung. Wehe, wenn die Deutschen uns erwischt hätten, sagt sie. Nach zwei Jahren verbot mir mein Vater das Unterrichten, es war zu gefährlich. Einer meiner Schüler war Andrzej, Andrzej Pinkowski. Nach dem Krieg hat er in Lodz studiert und ging dann nach Warschau. Ich habe mich mit seinen Eltern angefreundet, Leon und Katarzyna.

Lebt dieser Andrzej?

Nein, er ist schon gestorben.

War Andrzej Pole?

Was fragen Sie, selbstverständlich waren Andrzej und seine Eltern Polen, warum hätte Andrzej sonst die Untergrundschule besuchen müssen?

Dann kann Andrzej nicht mit meiner Mutter verwandt sein.

Warum nicht? fragt Pani Tereza.

Meine Mutter war auf der deutschen Seite, sage ich.

Das heißt überhaupt nichts, sagt Pani Tereza. Während der Okkupation unterschrieb eine Schwester die blaue Volksliste, der Bruder die rote, diese Volkslisterei hat viele Familien zerrissen. Seit Jahrhunderten lebten in Polen Leute, die irgendwann aus Deutschland, aus Österreich, aus den Niederlanden oder sonstwoher eingewandert waren. Sie haben Polen und Polinnen geheiratet, viele Einwanderer sprachen nur noch Polnisch. Während der Okkupation sollten sie sich für die deutsche oder für die polnische Seite entscheiden. Egal für welche Seite sie sich entschieden, sie verloren den Teil der Familie, der sich für die andere Seite entschied. Wenn sie auf der polnischen Seite blieben, verloren sie ihr Vermögen, ihre Wohnung und ihren Beruf, viele mussten zur Zwangsarbeit ins Reich. Einige wurden erschossen, nur weil sie sich weigerten, die Liste zu unterschreiben. In Leons Familie war irgendsoetwas, sagt Pani Tereza,

Leon wollte nicht darüber sprechen. Seine Mutter Józefa lebte nach dem Krieg einige Jahre bei Leon.

Sie sind alle tot?

Ja, sagt Pani Tereza. Aber Andrzej hat eine Tochter, Janina, sie ist mein Patenkind, wenn sie nach Lodz zu den Gräbern kommt, besucht sie mich. Janina hat eine Wohnung in Warschau, aber sie arbeitet im Ausland. Möchten Sie mich nicht besuchen? fragt Pani Tereza, ich könnte Ihnen Fotos zeigen und gebe Ihnen Janinas Telefonnummer.

Ich brauche Zeit für Pani Terezas Sätze. Die Namen sind gleich, aber mit Jad können sie nichts zu tun haben. Wenn die Namen aber doch etwas mit Jad? Würde ich diese Janina kennenlernen wollen? Hier, wo meine Suche ein Ziel gefunden haben könnte, scheue ich Jads Spurrille. Ich bin noch ein paar Tage in Lodz, sage ich zu Pani Tereza, ich rufe Sie an. Ich verabschiede mich, verlasse das Refektorium und mache mich auf den Weg zurück in die Stadt.

Józefa, so hieß meine Urgroßmutter. Ich habe keine Erinnerung an sie, nur ein Foto, mit Brille und Lupe liest sie ein kleines dickes Buch. Sie kam kurz nach meiner Geburt zu uns nach Früdorf und starb dort, als ich ein Kleinkind war. Józefa war die Frau des Juliusz.

Über Juliusz, ihren Großvater, hatte Jad erzählt, er sei Weber gewesen und habe sich zum Buchhalter hinaufgearbeitet. Er sei vierzig Jahre in derselben Lodzer Firma Hauptbuchhalter gewesen. Er habe rechtschaffen gearbeitet, sagte sie, habe keiner Fliege etwas zuleide getan. 1945 im Sommer wäre er in Lodz erschlagen worden, auf der Straße erschlagen. Kein Mensch wisse, wo er begraben liege.

Ich fragte, wer Opa Juliusz erschlagen habe.

Jad antwortete: Na wer schon.

Ich fragte noch einmal, wer hat Juliusz erschlagen? Keine Antwort.

Pani Tereza hatte gesagt, Janina gehe einmal im Jahr zu den Gräbern in Lodz. Auf welchen Friedhof? Zu welchen Gräbern? Kennt Janina das Grab des Opa Juliusz? Lodz hat viele Friedhöfe und kein Gräberverzeichnis. Nur die Verwaltungen der einzelnen Friedhöfe können Auskunft geben.

Die Straßen sind schon beleuchtet, als ich vor meinem Hotel bin. Aus der Halle kommt eine Braut, allein, den Schleier unter dem Arm geht sie über die Straße, die Schleppe des Kleides macht ein altes Geräusch, als zöge jemand Palmzweige hinter sich her. Auf der anderen Straßenseite steht in schwarzem Anzug ein junger Mann, auf ihn geht die Braut zu.

Am nächsten Tag fahre ich zu einem der katholischen Friedhöfe. An der Ampel gegenüber dem Friedhof wartet neben mir eine Frau, wendet sich zu mir und fragt, wo die Smutna sei. Smutno, habe ich gelernt, heißt traurig, smutna ist die weibliche Form – Wo ist die Traurige? Was kann die Frau meinen? Sie hat inzwischen bemerkt, dass ich nicht verstehe und fragt eine andere Passantin. Bei der Ampel ist es laut, eine dreispurige Straße führt am Friedhof vorbei. Weit drinnen im Friedhof höre ich noch das Tosen. Ein Wegweiser zeigt Richtung Smutna, ich sehe von fern die Totenkapelle. In der Friedhofskanzlei findet sich keiner der Namen, die ich suche. Wenn ich ein Grab fände? Was würde ich mit dem Fund anfangen? An diesem Tag besuche ich keinen weiteren Friedhof.

Ich nehme den Bus nach Norden und fahre durch die Zgierska – in Litzmannstadt hieß sie Hohensteinerstraße – in die Kleinstadt. Vielleicht steht das Haus noch mit der Gärtnerei. Wie die Straße finden; als Jad dort wohnte, hieß sie Hermann-Göring-Straße, aber wie heißt sie heute? Im Rathaus der Kleinstadt sind an diesem Tag Handwerker, sie schauen neugierig, fragen, was ich suche, und verziehen keine Miene, als ich Hermann Göring sage. Einer sagt, er werde seinen Großvater fragen und kommt nach wenigen Minuten mit der Antwort, die Straße liegt ganz in der Nähe. Und wo war das Ghetto der Kleinstadt? In der Hermann-Göring-Straße, sagen die Arbeiter. Der Marktplatz teilte die Hermann-Göring-Straße; oberhalb vom Markt das Ghetto, unterhalb vom Markt die Polen und die Deutschen. In derselben Straße? Ja. Was mit den Juden geschehen sei? Nach Chełmno seien sie alle gekommen, sagen die Handwerker, das wisse jeder.

Jad las Die Zeit und Das Sonntagsblatt. Berichte über den Zweiten Weltkrieg, über Polen, über Vertriebene und Flüchtlinge schnitt sie aus und unterstrich manche Sätze. Wenn sie die Zeitungen beiseite legte, sagte sie: Die Jidden, die Jidden und wieder die Jidden. Wann wird das endlich aufhören?

Das Haus neben der Gärtnerei in der früheren Hermann-Göring-Straße steht nicht mehr, an seiner Stelle ist ein Neubau, dahinter liegen Felder, Äcker, ein paar alte Obstbäume stehen da, nicht weit sind ein Teich und ein Wäldchen.

Ich gehe zum Bahnhof. Bahnhof der Nelken für Litzmannstadt und der Menschentransporte von Litzmannstadt nach Kulmhof am Ner. Ich nehme für die Rückfahrt nach Lodz den Weg, den Jads Nelken nahmen.

Links und rechts der Gleise streckt sich die Ebene, dieser weite polnische Tanzboden unter lichtem Gewölbe. Kaum eine Bodenerhebung, nicht ein Hügel, Flugfeld der Elstern, weite Fremde. Am Feldrain stehen Birken, über einem Acker rüttelt der Bussard. Diese Ebene war Futtermeer für Siedler, Plünderer und Eroberer, schreibt Norman Davies, mal kamen sie aus der Mongolei, mal aus Schweden, aus Russland und Preußen, dann fraßen Deutsche mit Österreichern die Ebene kahl. Rapsgelbe Felder, mohnrot getupft, ein Starenschwarm überfliegt eine struppige Brache, der Schwarm wendet, wird unsichtbar, wendet erneut, zerstiebt und sammelt sich im Nu wieder zur Ellipse. Polanen, das waren die Leute von den offenen Feldern, ein kleiner slawischer Stamm, der im zehnten Jahrhundert an den Ufern der Warthe siedelte.

Von der Kleinstadt braucht der Zug eine knappe Stunde für die Fahrt nach Lodz. Und dann auf dem Bahnhof in Lodz, ich bin kaum auf dem Bahnsteig, steht vor mir die Fragerin aus dem Rathaus. So eine Überraschung, sagt sie, was machen denn Sie hier? Ja, eine Überraschung, wiederhole ich, ich habe Leute getroffen, die meine Mutter kannten, Schulkolleginnen. Welche Schule war das, fragt die Fragerin. Ich nenne den Namen der Schule und die Fragerin sagt: In dieser Schule kann Ihre Mutter nicht gewesen sein, das war eine teure Schule für die Töchter der Fabrikanten und Generäle. Zum zweiten Mal verwirrt mich die Fragerin. Dann kommt die Frau, deretwegen die Fragerin auf dem Bahnhof ist, ich gehe.

Wozu hätte Jad ihren Besuch dieser Schule erfinden sollen? Sie sprach mit Sehnsucht von dieser Schule, mit Bedauern, dass sie nicht bis zur Matura bleiben konnte. Sie hat dieser Schule aber jüdische Schülerinnen angedichtet. Ich bezweifle die Zweifel der Fragerin und verfange mich in Jads Satz: Die Welt will betrogen sein, drum lasst sie uns betrügen.

Ich bin schon auf der anderen Seite des Bahnhofsvorplatzes, da wende ich mich noch einmal zum Bahnhof. Eine von Jads Geschichten spielte auf diesem Bahnhof, stolz erzählte sie: Ich kam in Lodz auf dem Bahnhof an. In der Handtasche hatte ich für Oma Józefa einen Schinken. Auf den Bahnsteigen stand deutsches Militär, alle Ausgänge waren bewacht, jeder, der raus wollte, wurde gefilzt. Ich hab Angst bekommen wegen des Schinkens und bin direkt auf einen von den Deutschen los. Bitte, wo geht es hier zum Hotel Litzmannstadt, fragte ich in reinstem Hochdeutsch, ganz auf Dame, von oben herab. Er schlug die Hacken zusammen, salutierte und zeigte mir den Weg, keine Rede von Gepäckskontrolle, das Hotel Litzmannstadt war das beste Haus am Platz. Ja, so war das, du musstest absolut schlagfertig sein, von oben herab kaltblütig, und wenn du deinen Hals retten wolltest, musstest du lügen, lügen.

Am folgenden Tag besuche ich Pani Tereza. Sie heißt mich willkommen, als seien wir alte Freundinnen. Sie führt mich in einen Raum mit großen Fenstern, draußen steht ein mächtiger Baum, die Zweige streifen das Glas, drinnen glaubt man, im Grünen zu stehen. Wenn Sie möchten, können Sie hier übernachten, sagt Pani Tereza, sie sagt das, während ich gerade erst eintrete. Sie zeigt auf die Fotos über der Kommode, ihre Kinder und Enkel. Sie geht in die Küche, kommt mit Tee und Kuchen zurück, bittet mich neben sich aufs Sofa und breitet eine Decke über unsere Beine. Pani Tereza empfängt mich, als gehörte ich zu ihrer Familie.

Vielleicht hatte Jad an so eine Art Gastfreundschaft gedacht, als sie sagte, die menschliche Wärme, die wir in Polen hatten, die gibt es bei euch nicht.

Als sie den Satz aussprach, verstand ich sie nicht: bei euch – als sei nur ich Teil des bei euch, nicht aber sie.

Ja, beharrte sie, die Deutschen, die Österreicher, sie sind kalt. Ihr wisst nicht, wie kalt ihr seid.

Wärme? Jad muss damit die Jahre gemeint haben, bevor Herr Deutsch ins Haus kam. Sie hat die Wärme ihres ersten Landes verloren.

Pani Tereza steht noch einmal auf, schenkt Tee ein und bringt Fotoalben. Dann setzt sie sich wieder neben mich, zieht die Decke ein wenig heran und zeigt mir in ihren Alben Bilder von Menschen, die ich nicht kenne. Sie fragt wieder nach den Namen in meiner Familie, nach Geburtsjahren, ob ich Fotos hätte. Von einem Moment zum nächsten scheint Pani Tereza zwischen Sicherheit und Zweifel zu schwanken, ob ich zu Andrzejs Familie gehöre. Wenn ich wiederkomme, sage ich, bringe ich Fotos mit. Sie zeigt mir ein Foto von Andrzej, ich kenne kein Bild von ihm. Dann steht Pani Tereza wieder auf und kommt mit einem Buch zurück. Andrzej hat es geschrieben: Erinnerungen an polnische, deutsche, jüdische Künstler und Wissenschaftlerinnen, die vor der Okkupation in Polen lebten. Andrzej stellt jedem Porträt einen kurzen Lebenslauf mit einem Foto voran, anschließend erzählt ein Familienmitglied über das Leben des Porträtierten. Andrzej gab der Sehnsucht eine Form.

Pani Tereza schreibt mir Janinas Telefonnummer auf, im Herbst komme Janina nach Polen zurück, dann sollten wir gemeinsam auf Besuch kommen. Als ich mich verabschiede, sagt Pani Tereza: In Polen sagen wir, ein Deutscher ist ein anständiger Mensch. Zwei Deutsche gründen einen Gesangsverein, und drei Deutsche sind ein Exekutionskommando. Sie lacht und küsst mir die Wange. Sie begleitet mich zur Tür. Draußen ist es schon dunkel.

Auch in Jads erstem Land bleiben mir nur ihre Sätze: Habe zwei Muttersprachen, war mein liebster Mensch, Welt will betrogen sein, siehe da: Fräulein weg, beim Reichsarbeitsdienst nicht gewesen, so eine Hetz, Nelken für Litzmannstadt, nichts so fein gesponnen, wer nicht arbeitet, von oben herab kaltblütig, keiner Fliege etwas, wer hätte reisen können, schlagfertig, hat keiner gewusst, endlich aufhören, dein Wort sei Nein Nein, man wird weiße Fahnen brauchen, Angst nicht zeigen, wisst nicht wie kalt ihr, für solche Späße keine Zeit, kein Haar gekrümmt, Jidden und wieder Jidden, nichts mitbekommen, konnte keiner wissen, dein Wort sei Ja Ja, ganzes Leben rechtschaffen, Gott uns geführt, Gott.

GITTI

Ich bin etwas erschöpft, ich brauche viel Schlaf und stehe ohne Vorfreude auf. Ich habe die Buchhaltung aufgegeben, Matti lebt wieder hier. Ich habe ihm das Erdgeschoss herrichten lassen, ich wohne im ersten Stock. Matti kann sich im Erdgeschoss selbständig bewegen.

Matti spricht eine neue Sprache. In seiner früheren Sprache sagt er nur noch: passt, das ist sein Hauptwort. Die anderen Worte erfindet er, sie stehen in keinem Wörterbuch, er begleitet sie mit Gesten, die ich verstehe. Neulich waren wir im Garten, ich wollte mich auf die Bank setzen, Matti bemerkte, dass die Bank nass ist, hielt mich vom Niedersetzen ab, klopfte auf die Sitzfläche der Bank und sagte: beschneben. Als ich eine Decke auf die Bank lege, ist Matti zufrieden, sagt: passt und lacht. Er lacht mehr als früher. Einmal in der Woche kommt eine Logopädin, an den anderen Tagen wiederholt Matti seine logopädischen Übungen. Seit einigen Tagen übt er das Wort Zitrone, er zeigt auf die Zitrone – das Zeigen bedeutet: sprich das Wort aus –, ich sage: Zitrone. Er versucht nachzusprechen, sagt: Sausine; als wäre die Erinnerung an etwas Saures und an Apfelsinen schneller, als das gerade Gehörte. Die Vergangenheit überholt die Gegenwart. Matti merkt, dass er Zitrone nicht getroffen hat, macht eine Geste, mit der er mich zum Wiederholen auffordert, ich sage: Zitrone, er: Sausine, und gleich darauf schüttelt er den Kopf: äh, äh. Er möchte jeden Tag mit mir üben. Ich bin diese Übungen schon ein wenig leid und bitte Mattis Pflegerin, meinen Part zu übernehmen. Mattis Gesicht verzieht sich dann wie zum Weinen, er legt seine

Hand auf meine, bewegt meine Hand hin und her, wenn ich nicht auf sein Bitten eingehe, findet er sich mit der Pflegerin ab, und auf meinem Weg in den ersten Stock höre ich: Sausine, äh, äh. Eine der Pflegerinnen ist immer im Haus, ich muss nachts nicht aufstehen.

Warum er nicht selbst aufsteht? Meine Mail hatte er nicht beantwortet. Ich flog in seine Stadt am Atlantik, ging zu seiner Adresse. Herr Röhricht sei ausgezogen, sagte der neue Mieter und gab mir die Telefonnummer des Hausbesitzers. Der Hausbesitzer wusste nicht, wohin Matti verzogen ist. Ich hätte gerne noch gefragt, ob Matti allein in der Wohnung gelebt hat.

Wo war er hin? Die Polizei konnte mir nicht weiterhelfen, ich wurde gefragt, ob ich eine Vermisstenanzeige aufgeben wolle. Noch nicht, sagte ich und flog zurück nach Hause, vielleicht war er inzwischen angekommen und wartete auf mich. Das Haus war aber leer, und keine Nachricht da. Als Toni anrief, sagte ich auf ihre Frage nach Papi: Es geht ihm gut.

So vergingen einige Wochen. Sollte ich Matti nicht doch suchen lassen, müsste ich nicht den Mädchen sagen, dass ich ihren Vater nicht finde? Schließlich rief ich bei Deli an, möglicherweise hatte sich Matti bei ihr gemeldet. An Delis Apparat meldete sich jemand, der die Katze hütet, bis Deli aus Polen zurückkäme. Ich wusste nicht, dass Deli in Polen ist. Ich wollte nicht bis zu ihrer Rückkehr warten und beschloss, mit den Mädchen zu reden.

Doch bevor ich mit den Mädchen reden kann, erhalte ich einen Anruf der Universitätsklinik in Innsbruck, ob ich Brigitte Röhricht sei, die Gattin von Matthias Röhricht. Die Frau am Telefon sagt, Matthias habe einen Unfall gehabt und sei Patient in ihrer Klinik, ich könne ihn besuchen. Ich frage nicht weiter und fahre am gleichen Tag nach Innsbruck. In der Klinik heißt es, ich solle mit der Ärztin sprechen, bevor ich in Mattis Zimmer gehe.

Die Ärztin sagt, ich würde Matthias verändert vorfinden, ich solle nicht erschrecken, er würde nach einer längeren Zeit der Rehabilitation einige seiner früheren Fähigkeiten zurückerlangen. Verändert, frage ich, Rehabilitation, was ist passiert? Ihr Mann wurde beim Schifahren von einem Schneebrett verschüttet, aber er hatte Glück, sagte die Ärztin, sie nehme an, Matthias könne schon in drei Wochen auf die Pflegestation verlegt werden. Ob ich weitere Fragen habe. Ich schüttle den Kopf. Die Ärztin begleitet mich in den Vorraum der Intensivstation, gibt mir einen Plastikkittel. Ich könne eine Viertelstunde bei Matthias bleiben.

Drinnen sind die Betten mit Paravents voneinander getrennt, an den Kopf- oder Fußenden der Betten türmen sich Geräte, ich finde mich nicht gleich zurecht, weiß nicht, was da rauscht, blinkt, piepst, es ist laut in dem Raum, heiß, niemand spricht, ich sehe die Patienten nicht. Eine Krankenschwester führt mich zu Mattis Bett. Von einem Gerät kommt ein Ziehharmonikaschlauch und mündet in eine Hartplastikmuffe, die in Mattis Halsgrube steckt. Ich suche Mattis Gesicht, er hat die Augen geschlossen, aus der Nase hängt eine verstöpselte Kanüle. Er ist mit einem Leintuch zugedeckt, an der Bettkante hängt ein Urinsack. Ein Infusionsständer verstellt den Weg zum Bett, am Flaschenkreuz hängen zwei Plastikbeutel, in durchsichtigen Schläuchen tropft rote und helle Flüssigkeit. Neben dem Bett steht ein Schlafsessel, über der Lehne hängt ein Seidenschal. Die Krankenschwester schiebt den Infusionsständer zur Seite. Mattis Augen sind geschlossen, ich wage nicht, seinen Körper zu berühren, die Krankenschwester nimmt meine Hand und legt sie auf Mattis Arm. Ich stehe so eine Weile, der Raum stellt mir die Zeit ab, ich stehe da, die Minuten schleppen sich voran, mir ist heiß, ich kann von den Geräuschen und Geräten im Raum nicht absehen, meine Hand liegt auf Mattis Arm. Die Krankenschwester sagt, es sei Zeit zu gehen. Eine Viertelstunde musste schon vergangen sein. Matti, flüstere ich, erst jetzt spreche ich ihn an, Matti, er öffnet nicht die Augen, morgen besuche ich dich wieder, sage ich, die Krankenschwester führt mich zum Ausgang. Im Gang sacke ich auf einen Sessel und hocke dort ohne einen Gedanken, bis ein Pfleger bei mir stehen bleibt, und fragt, ob alles in Ordnung wäre. Ich stehe auf und gehe, ich würde ein Zimmer in der Nähe der Klinik brauchen.

Am nächsten Tag hängt der Seidenschal nicht mehr über der Lehne des Schlafsessels. Ich frage die Krankenschwester, wem der Schal gehört hat; der Dame, die Ihren Mann bei der Aufnahme begleitet hat, sagt sie. Die Dame besuche Matti täglich. Ich bitte die Krankenschwester, der Dame auszurichten, sie möge ihre Besuche einstellen.

Ich rufe die Mädchen an, Matti sei krank, sie müssten sich keine Sorgen machen, sie sollten nicht nach Innsbruck kommen, Matti werde es bald besser gehen, dann könnten sie ihn besuchen. Am nächsten Tag sind Toni und Clara da, sie kommen mit Deli. Die Mädchen machen mir Vorwürfe. Ich behandle sie wie Kinder, sagen sie, Matti sei ihr Vater und sie hätten ein Recht darauf, zu erfahren, was geschehen sei. Ich will nicht, dass sie in den Raum gehen, in dem Matti liegt, ich kann sie nicht daran hindern. Nach dem ersten Besuch weinen sie, wollen wissen, was passiert ist. Ein Schneebrett, sage ich.

Deli spricht mit der Ärztin, mit den Krankenschwestern, sie macht die Dame ausfindig, die den Schal vergessen hat. Deli sagt, Matti habe die Dame am Atlantik kennengelernt, er habe sie zum Schifahren nach Tirol eingeladen. Er sei in einen gesperrten Tiefschneehang eingefahren, sie sei bei der Warntafel stehen geblieben, der Hang sei ihr zu steil gewesen, sie habe beobachtet, wie das Schneebrett sich löste, habe geschrien, aber da sei Matti schon nicht mehr zu sehen gewesen. Sie habe die Bergrettung angerufen.

Sei froh, dass sie Matti begleitet hat, sagt Deli, ohne sie wäre er zu spät gefunden worden, wenn überhaupt. Und sie war es übrigens auch, sagt Deli, die der Ärztin deine Telefonnummer gab.

Ein paar Monate später hält ein Ambulanzwagen vor unserem Haus. Die Sanitäter ziehen die Trage aus dem Wagen, klappen einen Rollstuhl auf, heben Matti darauf und schieben ihn ins Haus. Matti hat die Augen weit offen, strahlt, und als ich sage, Matti, wie schön, dass du zuhause bist, legt er seine Hand auf meine und sagt: passt.

Es ist fast wie früher, jeden Tag kommt eines der Mädchen vorbei. Und Deli kommt oft. Sie nimmt das Album mit Mattis Kinderfotos aus dem Regal und legt es vor ihn hin. Sie zeigt auf ein Foto und sagt: Schau, da sitzen wir nebeneinander auf dem Topf, jeder hat eine Kartoffel in der Hand. Die kalten Erdäpfel haben uns auf dem Topf am besten geschmeckt. Ich höre Matti und Deli bis zu mir herauf lachen. Neulich schauten wir miteinander einen Film im Fernsehen an. Flüchtlingstrecks sind zu sehen, Bauernwagen, manche mit Planen gedeckt, beladen mit Bündeln und Säcken, die Wagen haben Holzräder, die Pferde kommen langsam voran, auf dem Weg liegt Schnee, alte Leute humpeln neben den Wagen, viele halten Kinder an der Hand, die Frauen haben Tücher um Kopf und Hals geschlungen, die Wagen kriechen dicht hintereinander durch eine Winterebene; dann sieht man Flugzeuge, sie überfliegen den Treck in geringer Höhe, drehen Schleifen, kehren zurück, stoßen tiefer hinunter, und dann wird aus den Flugzeugen auf die Wagen und Menschen geschossen. Ich schaue zu Matti hin, Tränen laufen ihm übers Gesicht, er zeigt auf das Fernsehgerät, ruft äh, äh, äh und sein Weinen geht in ein Wehklagen. Vor seinem Unfall hat Matti nicht geweint. Deli schaltet den Fernseher aus. Matti bäumt sich im Rollstuhl auf, klopft mit der Hand auf die Lehne, Deli versteht, dass Matti den Film zu Ende sehen will und schaltet wieder ein.

Deli bleibt über Nacht bei uns, weil Matti sich nach dem Film nicht beruhigt. Er wollte von der Flucht nie etwas hören, sagt Deli, und jetzt regt ihn dieser Film so auf. Am nächsten Tag ist Matti vergnügt und scheint nicht mehr an den Film zu denken.

Deli nimmt das Fotoalbum aus dem Regal: Schau, da ist die Erna mit dem großen Schlüssel vor der Kirche in Früdorf.

JANINA

Mam na imię Janina. Jestem Polką, mówię po polsku i znam angielski, nie mowię po niemiecku. Mieszkam w Warszawie ale pracuję w Turcji. Die Übersetzerin springt ein: Ich heiße Janina. Ich bin Polin, meine Muttersprache ist Polnisch und ich kann Englisch, Deutsch spreche ich nicht. Ich wohne in Warschau und arbeite in der Türkei. Ich begleite polnische Reisegruppen durch die Türkei. Ich war in der Türkei, als der Anruf kam. Die Anruferin war Deli, sie fragte, ob ich Janina Pinkowska sei. Deli war aufgeregt, sprach angestrengt in gebrochenem Polnisch. Ja, ich bin Janina, antwortete ich auf Englisch, ich hätte in der Türkei sehr viel zu tun, sagte ich, ob sie mich im Herbst in Warschau anrufen könne; ich beendete das Gespräch rasch.

Ganz unvorbereitet kam Delis Anruf nicht. Meine Patentante Tereza hatte erzählt, sie habe eine Österreicherin getroffen, die behauptete, mit mir verwandt zu sein, Deli sei ihr Name. Ich hatte Terezas Geschichte nicht besonders ernst genommen und war überrumpelt, als Deli anrief. Wer ist sie? Was will sie von mir? Sie bildet sich ein, mit mir verwandt zu sein. Ich habe wenig Familie, die Großeltern sind tot, mein Vater ist schon gestorben, Kinder habe ich keine. Ich habe die Familie hinter mir gelassen, ich lebe jetzt. Meine Freunde sind meine Familie.

Ich versuchte, nicht weiter an Delis Anruf zu denken, doch war ich in den folgenden Wochen unruhig, war nicht ganz bei der Sache, wenn ich den Reisegruppen die türkischen Sehenswürdigkeiten zeigte. Ob Deli im Herbst wieder anrufen würde?

Sie rief an und wollte schon in der nächsten Woche nach Warschau kommen. Ich schlug ihr vor, in zwei Monaten zu kommen und gab ihr meine eMail-Adresse. Deli schrieb bald. Sie schreibt Englisch, erklärt noch einmal, woher sie meinen Namen hat, schreibt sehr höflich und über ihre Begegnung mit Tereza. Tereza lebt in Lodz, ich besuche sie, wenn ich zu den Gräbern gehe. Mein Vater ist in Lodz begraben. Tereza weiß über meinen Vater mehr als ich, sie spricht aber selten über die alten Zeiten. Sie sagt, man müsse die alten, die schrecklichen Zeiten begraben, wenn man sein eigenes, freies Leben führen will. Frei zu sein ist mir das Wichtigste.

Deli schreibt zu höflich, fast devot, als fühle sie sich schuldig. Die Deutschen haben immer noch Schuldgefühle. Deli ist Österreicherin, für mich ist da kein großer Unterschied. Was vor unserer Geburt geschah, dafür sind wir nicht verantwortlich.

Ich bin 1970 in Warschau geboren. Ich habe Geschichte studiert, ich bin in der Antike zuhause, im 16. und im 17. Jahrhundert und vor allem im Jetzt. Über die Zeit der Nazis und der Sowjets in Polen lese ich keine Bücher mehr. Unter den Sowjets bin ich aufgewachsen; an die Zerstörungen der Nazis erinnern in Warschau die Denkmäler und Gedenkstätten, egal ob ich daran denken will oder nicht. Durch die Altstadt von Warschau gehe ich mit dem Wissen, dass diese alt wirkenden Häuser nach dem Krieg neu gebaut werden mussten, weil die Nazis die Stadt angezündet haben; ich weiß das so, wie ich weiß, wo zuhause das Salz steht, ich denke nicht darüber nach. Die Gedenkstätten nehme ich nur noch wahr, wenn ich Besucher dorthin begleite. Ich arbeite gern in der Türkei, von hier ist der

Abstand zu den Verstrickungen der Polen, Juden und Deutschen gleich groß.

Deli schrieb mir beharrlich, und ich begann, mich auf ihre Briefe und auf ihren Besuch zu freuen. Ich wurde neugierig auf diese Unbekannte, die mich treffen will. Ich wollte sie kennenlernen, gleichgültig, ob sie etwas mit meiner Familie zu tun hat oder nicht. Deli schrieb, ihre Großmutter habe Magdalena geheißen und die Großmutter hatte einen Bruder namens Leon. Mein Großvater hieß ebenfalls Leon. Er stammte aus Lodz und verbrachte dort sein ganzes Leben.

Mein Vater sprach selten über seine Jugend in Lodz. Als ich neun und zu jung für Fragen nach der Familiengeschichte war, starb er. Ich habe seine Bücher geerbt, viele kann ich nicht lesen, weil es deutsche Bücher sind, mein Vater sprach mit mir nie Deutsch.

In Polen haben wir ein Lied, das heißt: Dni, których nie znamy – die Tage, die wir noch nicht kennen, dieses Lied habe ich mit meinen Freunden gesungen, als wir jung waren, es war unsere Hymne. Auf diese Tage, die ich noch nicht kenne, habe ich hingelebt, auf diese Tage habe ich gehofft. Ich hoffe jeden Tag auf das Unerwartete, das mein Leben auf den Kopf stellt. Mein Leben hat sich schon einige Male auf den Kopf gestellt; als ich studierte, wäre mir nicht in den Sinn gekommen, in der Türkei zu arbeiten. Deli gehört zu den Tagen, die ich noch nicht kenne. Sie hat den Namen ihres Urgroßvaters geschrieben: Juliusz. So hieß auch mein Urgroßvater.

Deli kam nach Warschau. Wir trafen einander zum ersten Mal in ihrem Hotel. Sie ist älter als ich, ihr Haar hat graue Strähnen, sie ist aufgeregt, begeistert wie ein Kind. Wir sprechen Englisch.

Sie hat Fotoalben mitgebracht. Als erstes zeigt sie mir ein Porträt ihres Urgroßvaters, den müsste ich kennen, meint Deli. Ich habe kein Foto meines Urgroßvaters, ich kenne nur seinen Namen: Juliusz. Die Gesichter auf den Fotos, die Deli auf den Tisch legt, sind mir fremd. Deli zeigt mir Pässe ihrer Großmutter, einen alten russischen Pass von 1914 und einen polnischen von 1920 mit einem Foto, ich habe dieses Gesicht nie gesehen. Deli nimmt einen Stapel Fotoalben aus ihrem Koffer und bittet mich, sie durchzusehen. Die Fotos sind vor dem Krieg aufgenommen, polnische Monatsnamen stehen dabei, auf einigen Fotos erkenne ich Lodzer Straßenzüge, den Plac Wolności mit dem Kościuszko-Denkmal; die Deutschen haben das Denkmal sofort nach dem Einmarsch abgerissen, weil Kościuszko unser Freiheitsheld ist, nach dem Krieg haben wir das Denkmal wieder aufgebaut. Deli zeigt auf das Foto einer Lodzer Kirche und sagt, dort habe ihre Großmutter geheiratet. Wo meine Großeltern geheiratet haben, weiß ich nicht; niemand aus meiner Familie ging in die Kirche. Viele Gebäude auf Delis Fotos sind mir vertraut, aber nicht die Gesichter. Ich klappe das letzte Album zu und sage, tut mir leid Deli, die Namen sind gleich, auch die Geburtsdaten, aber ich kenne die Leute auf deinen Fotos nicht.

Mein Vater hieß Andrzej, sage ich, er wurde 1925 in Lodz geboren, ging dort zur Schule und studierte dann Jura. Nach dem Studium zog er nach Warschau und arbeitete als Journalist. Meine Großeltern blieben in Lodz. Sie waren mir ein bisschen unheimlich, niemand hat Familiengeschichten erzählt. Als ich begann, nach der Zeit zu fragen, in der mein Vater jung war, antworteten sie unwillig und wechselten rasch das Thema. Sie haben nur eine Geschichte über Juliusz erzählt.

Deli hört mir zu, wirft kein Wort ein, geht zu ihrem Koffer und nimmt noch ein Album heraus; sie sagt, die Fotos darin seien klein, die Gesichter schlecht zu erkennen, sie habe eine Lupe mitgebracht. Ich blättere durch das Album. Bei einem Foto halte ich inne, schaue genauer, nehme die Lupe. August 1939 steht auf Polnisch unter dem Foto.

Da sitzen Leute in einer Veranda auf Schaukelstühlen: Da sitzen meine Großeltern und zwischen ihnen eine junge Frau, die ich nicht kenne, neben meinem Großvater schaukelt Andrzej, mein Vater. Deli sagt: Die junge Frau in der Mitte ist Jad, meine Mutter. Deine Mutter? Deine Mutter zwischen meinen Großeltern und meinem Vater? frage ich. Ja, sagt Deli. Wir schweigen.

Meine inneren Koordinaten verrücken. Ich erschrecke. Bis zu diesem Augenblick hatte ich gelebt, ohne diese Koordinaten zu kennen. Jetzt dieser Ruck. Ich ziehe Lupe und Foto näher heran, blättere um, da ist ein Porträt von Andrzej. Ich zeige auf sein Foto: Das ist mein Vater, Andrzej. Ich kann nicht begreifen, was ich sehe. Ich reiße ein Blatt aus meinem Notizheft und skizziere:

Juliusz ∞ Józefa

Leon	Magdalena
Andrzej	Jad
Janina	Adele

Ist das so? frage ich. Ja, sagt Deli.

Die Nähe stößt mir zu. Dann Tränen, ohne Grammatik, staatenlos wie der Regen.

Und wir beginnen gleichzeitig zu sprechen, ich Polnisch, Deli Deutsch, wir hatten vergessen, dass wir die dritte Sprache für einander brauchen. Wir lachen. Wir schauen die Leute in der Veranda auf den Schaukelstühlen wieder an: sie sitzen da ganz vertraut, innig. Und hier ist noch ein Foto aus dem August 1939, sagt Deli: Jad steht zwischen lauter Männern auf einer Straße in Lodz. Jad trägt ein Kopftuch und in der Hand hält sie, wie die Männer rund um sie, eine Schaufel – sie werfen Dämme auf, mitten in der Stadt. Jad soll mit 16 Jahren, im August 1939, gemeinsam mit polnischen und jüdischen Lodzern gegen die Feinde Schanzen gebaut haben und hat schon im Jahr darauf, als sie 17 war, den Eid auf den Führer geschworen? Deli murmelt, wann ist sie übergelaufen auf die deutsche Seite, wann? Ich habe keine Antwort. Sie ist übergelaufen, sage ich.

Deli nimmt das Porträt von Juliusz und sagt: unser Urgroßvater. Und wir, fragt sie, sind wir polnisch oder deutsch? In so einem Moment, diese Frage, das konnte nur einer Deutschen einfallen. Deli, lache ich, du bist Deli, ich bin Janina.

Was ist das für eine Geschichte über Juliusz, die deine Großeltern erzählt haben, fragt Deli. Sie lässt nicht locker.

Die Nationalsozialisten ließen einen Waggon in den Bahnhof Litzmannstadt rollen, darin hatten sie ein Amt. Alle Lodzer müssen in den Waggon kommen. Wenn ich alle Lodzer sage, stimmt das nicht, denn die jüdische Bevölkerung war ja schon ins Ghetto gesperrt. Im Waggon werden die Lodzer gefragt, ob sie polnisch oder deutsch seien. Die Antworten werden in Listen eingetragen, die Volkslisten; je nachdem, wie die Antwort ausfällt, vergeben die Nationalsozialisten blaue, grüne oder rote Ausweise.

Mein Großvater Leon muss in den Waggon, zeigt seinen polnischen Pass und sagt, er sei polnisch. Der Beamte im Waggon sieht den Pass durch, blättert in seinen Karteikarten, zieht eine Karte heraus und sagt: Ihr Vater, Juliusz Pinkowski, ist Deutscher. Leon erwidert: Jestem Polakiem i będzie być zawsze Polakiem. Der Beamte knallt mit der flachen Hand auf den Tisch und ruft, Litzmannstadt spricht Deutsch. Leon sagt: Ich bin Pole und werde immer Pole sein. Er bekommt den roten Ausweis.

Ein paar Tage später wird er von der Bank, in der er arbeitet, fristlos entlassen, in seine Wohnung kommen Polizisten. In zwei Stunden kämen sie wieder, sagen sie, dann müsse Leon mit seiner Familie aus der Wohnung draußen sein, sie dürften nicht mehr als drei Koffer mitnehmen, das Radio, die Fahrräder und der Fotoapparat müssten in der Wohnung bleiben. Leon und seine Familie ziehen in den Dachboden eines Hauses, das einem Freund gehört.

Meine Großeltern sagten: Zum Dachboden fuhren wir mit der Straßenbahn, wir durften nur den hinteren Waggon benutzen, der erste Waggon war den Deutschen vorbehalten. Das sagten meine Großeltern wieder und wieder: Wir durften nicht im ersten Waggon mitfahren und durften uns auch im zweiten Waggon nicht hinsetzen. Und sie sagten: Wir durften erst ab 10 Uhr einkaufen, aber auch ab 10 Uhr durften wir keine Semmeln kaufen, kein Weizenmehl.

Leons Ersparnisse wurden beschlagnahmt, 500 Złoty durfte er in Reichsmark umtauschen, mein Vater durfte nicht mehr in die Schule gehen und in keine Bibliothek.

Deli sagt, dein Großvater Leon mit dem roten Ausweis und meine Großmutter Magdalena mit dem blauen Ausweis, sie waren ja Geschwister. Als Leon hinten in der Straßenbahn stand, war Magdalena nicht auf die Straßenbahn angewiesen, sie fuhr mit dem Auto durch Lodz, Magdalena hatte Gemüsebeete, Nelkenfelder, Zwetschkenbäume, Äpfel, Himbeerstauden, Hollerbüsche, in der Speisekammer Pastete und Marmelade, im Stall Pferde, die Kutsche in der Scheune, Brennholz im Schuppen, Magdalena hatte polnische Dienstmädchen, sie hatte ein Konto auf der Bank und kaufte Semmeln, so viele sie wollte. Ja, antworte ich, bevor der Waggon in den Bahnhof Litzmannstadt rollte, waren Leon und Magdalena Geschwister. Aber seit der Waggon im Bahnhof Litzmannstadt stand, war Leon Pole und Magdalena war Deutsche.

Als ich spät in der Nacht nach Hause kam, spielte ich das Lied von den Tagen, die wir noch nicht kennen. Ich fühlte mich erleichtert; vielleicht weil ich die Geschichte meiner Großeltern jemandem erzählen konnte. Mit meinen polnischen Freunden reden wir über diese Geschichten nicht, hier hat jeder irgendsoeine Geschichte. Die Schulen der Volksrepublik Polen haben uns mit Geschichten über den ruhmreichen antifaschistischen Kampf der Sowjetunion vollgestopft. Über den polnischen Widerstand, über die Untergrundschulen, über den Wald bei Katyn wurde zuhause nur geflüstert, und mir wurde eingeschärft, in der Schule kein Wort von diesem Geflüster zu verlieren. Über die Pogrome nach dem Krieg sprach niemand.

Am nächsten Tag treffe ich Deli wieder. Erzähl weiter, sagt sie, kaum haben wir in dem Café, in dem wir uns verabredet hatten, einen Platz gefunden. Ich schlage vor, zuerst einmal Kaffee zu bestellen und eine Torte. Ich will keine Torte, sagt Deli, wieder kommt sie mir vor wie ein Kind, jetzt nicht aufgeregt und begeistert, sondern trotzig, sie hat ihre Förmlichkeit abgelegt. Ich schlage vor, ins Museum zu gehen, spreche über Filme, Deli hört nicht zu. Was war mit deinem Vater, als er nicht mehr zur Schule gehen durfte? fragt sie.

Als die polnischen Schulen geschlossen wurden, sage ich, bekam mein Vater, er war 15 Jahre alt, eine Adresse. Er ging zur verabredeten Uhrzeit zu dieser Adresse, drinnen war der Tisch gedeckt, als würde man sich zum Essen treffen, und dort war Tereza, sie wurde seine Lehrerin. Der Unterricht fand jede Woche in einer anderen Wohnung statt, manchmal auf Leons Dachboden. Mein Vater war den ganzen Tag unterwegs, entweder beim versteckten Unterricht oder auf der Straße mit einem Bauchladen.

Mit einem Bauchladen? fragt Deli.

Meine Großeltern hatten ja den roten Ausweis, sie mussten zur Zwangsarbeit in eine Lodzer Fabrik, von dem Geld, das sie dort bekamen, konnten sie nicht leben. Mein Vater musste mithelfen, Lebensmittel beschaffen oder Holz, der Dachboden war kalt. Mein Vater zog mit seinem Bauchladen durch die Stadt, verkaufte Schuhbänder und andere Kleinigkeiten. Einmal übersah er die Zeit und war spät abends in einem Stadtteil, der vom Dachboden gut eine Stunde Fußweg entfernt ist. In diesem Stadtteil lebte sein Großvater Juliusz mit dem blauen Ausweis. Zu ihm geht mein Vater, der den roten Ausweis hat, und bittet, über Nacht bleiben zu dürfen. Ich bin Deutscher, sagt Juliusz, ich darf keinen Polen beherbergen. Juliusz setzt seinen Enkel Andrzej vor die Tür. Hätte man den fünfzehnjährigen Andrzej auf dem Heimweg erwischt, wäre es ihm schlecht ergangen. Andrzej sah seinen Großvater Juliusz an diesem Abend zum letzten Mal.

Ein paar Tage später ging Leon zu Juliusz. Leon zog seinen roten Ausweis aus der Tasche und beschimpfte Juliusz als Verräter. Wenn jemand ein Verräter ist, schrie Juliusz, dann du, du willst Pole sein, also sei Pole. Ich habe keinen polnischen Sohn. Mein Haus ist ein deutsches Haus, hier ist kein Platz für Polen. Er verbietet Leon und dessen Familie das Haus.

Die haben sich nie mehr gesehen? fragt Deli.

Nein. Juliusz hat sich kurz nach dem Krieg umgebracht.

Sich umgebracht? fragt Deli, Juliusz ist doch auf der Straße erschlagen worden.

Von wem erschlagen? frage ich. Deli weiß keine Antwort, sie habe gehört, Juliusz sei in Lodz erschlagen worden. Und dann sagt Deli, kurz nach ihrer Geburt sei Józefa, die Frau von Juliusz, zu ihnen gezogen und bei ihnen gestorben. Als müsse sie ihre Worte beweisen, sagt Deli, sie werde mir ein Foto von Józefas Grab zeigen.

In den Jahren nach dem Krieg hatte Józefa in Lodz bei meinen Großeltern gelebt. Das Zusammenleben sei furchtbar gewesen, weil mein Großvater Leon mit seiner Mutter Józefa nicht sprach. Ich hatte angenommen, Józefa wäre in Lodz gestorben, von ihrer Auswanderung nach Deutschland habe ich nie gehört.

Am nächsten Tag fahre ich mit Deli nach Lodz, wir gehen in ein Archiv, wollen nach Juliusz' Totenschein fragen. Im Vorraum kommt eine Frau auf Deli zu, sie sprechen Deutsch miteinander. Deli stellt mir die Frau vor, sie hätten einander vor einiger Zeit bei einer Tagung in Lodz kennengelernt. Als die Frau merkt, dass ich Polnisch spreche, fragt sie, ob Deli meine Freundin sei. Nein, sage ich, meine Verwandte. Die Frau stutzt.

Woher wissen Sie denn, dass Deli mit Ihnen verwandt ist? Gute Frage, sage ich und rede über den Schneesturm vom Vortag. Deli ist schon beim Archivschalter. Juliusz' Totenschein ist nicht auffindbar.

Wer war die Frau im Archiv? Dieser Frau, sagt Deli, begegne sie in Lodz jedesmal, sie nenne die Frau die Fragerin. Die Frau stelle ihr Fragen, die sie durcheinander brächten, und auf die sie keine Antwort wisse. Sie hätte die Fragerin gerne näher kennengelernt, aber das sei ihr nicht möglich, bei jeder Begegnung käme eine Frage, und zwar sofort, die Deli die Sprache verschlage.

Im Sommer traf ich Deli in Österreich. Wir fuhren ins Gebirge. Nach Krimml, sagte Deli. Wir fuhren über den Ort Krimml hinaus, an Wasserfällen vorbei, zuletzt auf holprigen Wegen in ein breites Hochtal.

Vor einem wuchtigen alten Holzhaus stehen Leute in Gruppen beisammen, manche sitzen auf Holzstößen, andere auf Brunnentrögen, die Gaststuben sind dicht besetzt. Deli sagt, sie habe hier oben mit einer Handvoll Wanderer gerechnet. Wo wollen die alle hin? Nach Italien vermutlich, antwortet Deli. Sie fragt eine Frau neben uns. Einmal im Jahr, sagt die Frau, wandern wir gemeinsam über den Pass nach Italien. Wir gehen den Weg, den früher die Flüchtlinge nahmen, die nach Palästina wollten.

Ich verstehe nicht gleich. War das im Krieg ein Fluchtweg für Juden? Nein, sagt Deli, nach dem Krieg. Nach dem Krieg? Österreich ließ nach dem Krieg Juden nicht aus dem Land, die freiwillig gehen wollten? Während des Krieges konnte es den Österreichern doch gar nicht schnell genug gehen, ihre Juden nach Polen zwangszuverschicken, damit sie bei uns vergast werden. Und diese Leute hier wandern zur Erinnerung an die letzten Juden, die Österreich auf Schleichwegen verlassen mussten? Deli stutzt und fragt schließlich, ob wir zuerst über den Pass gehen, und dann dieses Thema besprechen könnten. Ich muss lachen.

Draußen schnallt der Bergführer seinen Rucksack auf, und ihm nach folgen die Leute. Wir machen uns später auf den Weg, gehen neben dem Bach, manchmal fasst der Wind eine Latsche, ich höre ein Murmeltier, unseren Atem. Eine Hütte kommt in unsere Sicht, auf Felsblöcken sitzen davor die Leute. Zu ihnen spricht ein junger Mann, als wir die Hütte erreichen. Was sagt er? Er redet von einer Suppe, sagt Deli. Von einer Suppe? Ja, er sagt, man brauche nur Zwiebeln, Linsen, Karotten, ein paar Gewürze und daraus entstehe eine Suppe, für die Esau sein Erstgeburtsrecht wieder verkaufen würde. Seine Mutter hätte so eine Suppe gekocht, zuhause. Zuhause lebe niemand von ihnen mehr, sagt der junge Mann und gibt einem anderen das Mikrofon. Was sagt der? Der erzählt einen Traum, sagt Deli. Im Traum sei er über eine weite Schneeebene geflogen, weiß von Horizont zu Horizont. Durch die Ebene zog ein einzelnes Pferdegespann. Frauen lenkten das Gespann, sie flohen vor Waffen und Menschen. Er verstehe den Traum nicht. Wohl sei er im Winter gekommen, aber zu Fuß, nie hätte er ein Gespann gehabt, nie eine Frau. Was ist mit der Frau dort drüben? Ich weiß nicht, sagt Deli, die kann nicht sprechen. Weint sie? Eine andere spricht für sie? Was sagt die? Ich verstehe sie nicht, sagt Deli. Und der Afrikaner dort, was singt er? Ach, er summt ja nur, wiegt sich selbst in den Armen. Ich kenne das Lied nicht. Jetzt sagt er: Das Lied der Großmutter, ich hab es als Kind schon gesungen, das Lied bleibt.

Die Leute setzen sich wieder in Bewegung. Als sie zu den Felsen am Talschluss kommen, beginnt es zu schneien, die Karawane reißt, wir sehen sie weit auseinandergezogen den steilen Pfad zum Pass hinaufsteigen.

Wir erreichen das Ahrntal und nehmen im ersten Ort ein Zimmer. Die Karawanenleute fahren mit Bussen weiter. Am Abend gehen wir ins Wirtshaus. Du hast von deiner Familie so wenig erzählt, sage ich, wo bist du aufgewachsen? Das ist eine lange Geschichte, sagt Deli. Ich lasse nicht locker, an diesem Abend will ich Delis Geschichte hören, und sie beginnt zu erzählen: Am Morgen sinkt das Gebet des Vaters auf Kakao und Haferflocken, mittags schliert es in die Suppe.

Ich danke Maria Nicolini, Michael Sznydlowski und Fritz Lorber. Ohne ihre herzhafte Hilfe gäbe es dieses Buch nicht. Danke.